Letzter Traum

Ein Albtraum

Translated to German from the English version of

Last Dream

Dr. Ankit Bhargava

Ukiyoto Publishing

Alle globalen Veröffentlichungsrechte liegen bei
Ukiyoto Publishing
Veröffentlicht im Jahr 2023

Inhalt Copyright © Dr. Ankit Bhargava
Alle Rechte vorbehalten.
ISBN 9789360169176
Kein Teil dieser Veröffentlichung darf ohne vorherige Genehmigung des Verlages reproduziert, übertragen oder in einem Abrufsystem gespeichert werden, sei es in elektronischer, mechanischer, fotokopierter, aufgezeichneter oder anderer Weise.

Die moralischen Rechte des Autors wurden geltend gemacht.

Dies ist ein Werk der Fiktion. Namen, Charaktere, Unternehmen, Orte, Ereignisse, Schauplätze und Vorfälle sind entweder Produkte der Vorstellungskraft des Autors oder werden fiktiv verwendet. Jegliche Ähnlichkeit mit realen Personen, lebendig oder tot, oder realen Ereignissen ist rein zufällig.

Dieses Buch wird unter der Bedingung verkauft, dass es nicht gewerblich oder anderweitig verbreitet, verliehen, weiterverkauft, vermietet oder auf andere Weise zirkuliert wird, ohne die vorherige Zustimmung des Verlages und in keiner anderen Form von Bindung oder Cover als der, in der es veröffentlicht wurde.

www.ukiyoto.com

Dieses Buch ist allen Liebhabern gewidmet
Prost !!!

VORWORT

Jeder hat früher oder später in seinem Leben einen Traum, den er sich unbedingt erfüllen wollte. Einen Traum, den man gesehen hat, für den man wirklich hart gearbeitet hat, der sich ausgezahlt hat, aber wie er von einer einzigen Person direkt vor deinen Augen zerstört wird. Du bist überrascht, leer, ahnungslos, unfähig zu verstehen, was zum Teufel passiert. Das Leben geht im Schnelldurchlauf. Du siehst zu, wie dein Traum in Stücke gerissen wird, alles, was du retten wolltest, aber leider hast du keine Wahl und Gott, die Zeit und diese Person spielen mit dir und zerstören dich Stück für Stück. Schließlich heißt es:

" Liebe ist, jemandem die Macht zu geben, dich zu verletzen, und zu hoffen, dass er es nicht tut".

Diese Geschichte dreht sich um Ankit und Kriti. Diese Geschichte gibt dir einen Einblick in seinen Traum, seine Entschlossenheit, seine harte Arbeit und seinen Wahnsinn, den du kennenlernen wirst. Als ein lang ersehnter Traum von Ankit wahr wird, entpuppt er sich schon nach wenigen Tagen als der größte Albtraum seines Lebens und zerstört ihn völlig.

Ich hoffe, dass es euch allen gefällt. Viel Spaß beim Lesen!!!

Danksagung

Zuallererst möchte ich meinen Eltern, Freunden und Verwandten dafür danken, dass sie an mich geglaubt und mich ermutigt haben, dieses Buch zu schreiben.

Ich danke auch all meinen Lesern für ihr Vertrauen und das Lesen meiner Arbeit.

Ich werde mein Bestes geben, um Ihnen allen in Kürze qualitativ hochwertiges Material zu verschiedenen Themen zu liefern.

Im Voraus möchte ich mich bei allen entschuldigen, die Fehler in meinem Text gefunden haben, da es meine erste Arbeit ist, aber ich verspreche, meine Arbeit mit der Unterstützung aller Leser mit der Zeit zu verbessern.

"Liebe blind, wahrhaftig, aber vertraue praktisch."

Ich danke euch so sehr. Ich liebe euch alle!

INHALT

DIE HOCHZEIT MEINER SCHWESTER	1
FREUNDSCHAFT	5
ERSTES TREFFEN	11
SCHWIERIGE ZEIT	19
NEFFE ZEREMONIE	22
KRITI's GEBURTSTAG	27
ENDGÜLTIGE ENTSCHEIDUNG	36
HAPPYEST PHASE	45
HEIRATSTAG	56
FLITTERWOCHENZEIT	60
TRAUM ZERSTÖRT	70
ÜBER DEN AUTOR	81

DIE HOCHZEIT MEINER SCHWESTER

Ich machte gerade mein Praktikum, als ich sie bei der Hochzeit meiner Schwester zum ersten Mal traf. An dem Tag, an dem die Familie meines Schwagers im Hotel ankam, war sie das einzige Mädchen um die 24 Jahre, das ich in einem ganzen Haufen älterer Leute sehen konnte.

Mein Blick blieb an dem hübschen Gesicht mit den seidigen Haaren, den blauen Augen, der gepflegten Figur und dem süßen Lächeln hängen, und alle riefen "seidig" "seidig". So lernte ich ihren kurzen Namen kennen, mit dem die Leute sie liebevoll ansprachen, aber ich wusste immer noch nicht, wie sie wirklich hieß, und überlegte, wie ich mein Gespräch mit ihr beginnen sollte.

Irgendwo in meinem Inneren dachte ich, dass sie nicht mein Fall ist, lassen wir die Idee fallen; ihr Gesicht war voller Haltung, so dass ich genug Angst hatte, mit ihr zu reden.

In meinem Herzen und meinem Verstand schwirrte alles Mögliche herum. Schließlich ließ ich die Idee fallen und war mit den Hochzeitsvorbereitungen beschäftigt. Ein Teil meines Geistes kann immer noch nicht aufhören, über ihren Charme und ihre Schönheit nachzudenken. Da ich der Bruder der Braut war, war ich überall gefragt, selbst für kleine Dinge wurde ich um Hilfe gebeten. Es war ein heißer Sommertag, 46 Grad, und ich ging an ihrem Zimmer in der Lobby vorbei, mein Herzschlag wurde schneller, wo sie mit ihrer Mutter wohnte, plötzlich hörte ich eine schöne Stimme von hinten; "Entschuldigung", sagte ich: "Ja."

Sie sagte: "Ich bin durstig und ich kenne hier niemanden, können Sie mir bitte etwas Wasser besorgen".

Es war das erste Mal, dass wir ein kleines Gespräch führten, und als sie sprach, war ich völlig in sie versunken. Mein Herz klopfte immer schneller und schneller. Ich beherrschte mich und kam wieder zu Bewusstsein und sagte: "Sicher, ich werde das für dich arrangieren."

Sie antwortete: "Danke."

Ich wollte dieses Gespräch ausdehnen, damit ich mehr Zeit hatte, ihr hübsches Gesicht zu sehen, also sagte ich: "Übrigens, ich bin Ankit."

Sie antwortete: "Ich weiß, du bist der Bruder von Bhabhi, richtig?".

Ich erwiderte: "Ja, und was ist mit dir?"

Sie sagte: "Kriti Sharma."

Ich sagte: "War nett, Sie kennenzulernen", und ging weiter, da ich weitere Vorbereitungen treffen musste, indem ich sagte: "Okay, ich werde Wasser für dich besorgen, und wir sehen uns dann später."

Sie lächelte und ging ins Zimmer. Ich sagte dem Kellner sofort, er solle an ihrer Stelle Wasser servieren, ich war auf Wolke sieben und ging von dannen, aber mein Herz ließ ich im Hotel zurück;-)

Am Abend desselben Tages sprach Kriti mit meiner Mutter und erzählte ihr von sich. Plötzlich sah ich sie, obwohl es eine ausgezeichnete Gelegenheit ist, wo ich mit ihr reden kann, also sprang ich plötzlich in das Gespräch, und dann rief jemand meine Mutter an, und wir beide waren allein im Gespräch. Unser Gespräch:

Ankit: Also, was machst du?

Kriti: Ich habe meinen B.Com und mein Diplom als Airhostess abgeschlossen und suche einen Job in der Luftfahrtbranche.

Ankit: Der Vater eines Freundes von mir hat eine gute Stelle bei einer Fluggesellschaft, wenn du willst, kann ich dir zu besseren Jobaussichten verhelfen.

Kriti: Warum nicht! (sie lächelt)

Ankit: Schick mir deinen Lebenslauf. Ich werde ihn an ihn weiterleiten.

Kriti: Wie lautet deine Kontaktnummer und Emailadresse?

(Ich war so glücklich, dass wir endlich unsere Nummern ausgetauscht haben). Ich habe meine Kontaktdaten und meine E-Mail-Adresse angegeben, wir haben uns angelächelt, und plötzlich hat mich jemand angerufen, als alle Rituale der Hochzeit begannen.

Ankit: Okay, es war schön, dich kennenzulernen. Wir sprechen uns später.

Kriti: Ja, sicher.

(Danach gingen wir beide auf die Bühne zu. Ich war mit den Ritualen und anderen Vorbereitungen mit meinen Cousin-Brüdern beschäftigt, und sie saß mit ihrer Mutter in der Nähe der Bühne).

Alle Hochzeitsrituale verliefen gut, und meine Schwester ging in ihr neues Haus, und alle Verwandten und anderen Leute gingen nach Hause, so auch ich.

Ich hatte nicht die Gelegenheit, mich von Kriti zu verabschieden, aber irgendwie war ich froh, dass ich ihre Nummer habe und sie jederzeit anrufen kann.

Wir gingen alle nach Hause, und ich kehrte nach Rohtak zurück, wo ich mein Praktikum absolvierte und wieder in meinem Krankenhaus arbeitete.

FREUNDSCHAFT

Die Zeit vergeht, und auch nach zehn Tagen habe ich ihren Lebenslauf nicht erhalten. Also dachte ich daran, sie anzurufen, aber am selben Tag verlor ich mein Handy irgendwo und damit auch ihre Telefonnummer.

Es war eine tragische und schmerzhafte Bewegung für mich und ich überlegte, wie ich sie kontaktieren könnte.

Ich kann nicht einmal meine Schwester um Hilfe bitten, weil niemand weiß, was in meinem Kopf vor sich geht. Ich war so verängstigt, dass mir zum Weinen zumute war und ich betete zu Gott, dass er etwas zaubern möge, damit ich ihre Nummer herausfinden kann.

Nach zwei Tagen erhielt ich plötzlich eine Mail von ihr, in der stand:

"Lieber Ankit,

Ich habe versucht, dich anzurufen, aber dein Telefon ist nicht erreichbar. Ruf mich an, sobald du diese E-Mail erhältst; ich habe auch meinen Lebenslauf beigefügt".

Nachdem ich die E-Mail gelesen hatte, lächelte ich und war so glücklich, ihre Nummer zurückzubekommen. Ich dankte Gott.

Ohne Zeit zu verlieren, hatte ich sie angerufen:

Ankit: Hallo, Kriti. Wie geht es dir? (Mein Herzschlag wird schneller und lauter vor Nervosität)

Kriti: Mir geht es ausgezeichnet, und wie geht es dir?

Ankit: Ich bin froh und es tut mir so leid, dass ich deinen Anruf verpasst habe, da mein Telefon verloren gegangen ist und ich ein neues Handy mitgebracht habe und ehrlich gesagt habe ich auch deine Nummer verloren.

Kriti: Oh! (Schweigt eine Weile) Nun, kein Problem.

Ankit: Also, wie läuft das Leben weiter?

Kriti: Es läuft gut.

(Wir schweigen beide eine Weile und dann)

Ankit: Okay, ich werde deinen Lebenslauf an den Vater meines Freundes weiterleiten, und dann sehen wir weiter?

Kriti: Okay, klar. Bye, pass auf dich auf.

Ich wollte eigentlich noch mehr sagen, aber vor lauter Nervosität kann ich nicht. Nun, ich habe den Lebenslauf an den Vater meines Freundes weitergeleitet und ihn gebeten, bitte Onkel, tu etwas, es ist eine Sache der Liebe und des Stolzes.

Er versicherte mir, dass er sein Bestes tun würde, da ich ihm auch von meinen Gefühlen für sie erzählt hatte.

Das Leben geht weiter, die Tage vergingen, und eines Tages klingelte plötzlich mein Telefon. Es war das Telefon von Kriti.

(Oh mein Gott!! Ich war auf Wolke sieben, und mein Herzschlag wurde wieder schneller und lauter).

Ich beherrschte mich und nahm ihren Anruf entgegen:

Ankit: Hallo, wie geht es dir?

Kriti: Ich bin überglücklich. Weißt du was? (Sie hüpft und lacht)

Ankit: Was denn?

Kriti: Ich habe den Job bei einer indischen Fluggesellschaft bekommen, und das alles nur wegen dir. Ich danke dir so sehr.

Ankit: Wow! Tolle Neuigkeiten! Es ist Zeit für die Party, und du brauchst mir nicht zu danken, ich habe nichts getan, wir sind doch Freunde, also in Freundschaft, kein Dankeschön, keine Entschuldigung. (Ich habe auch gelächelt)

Kriti: Nein! Nein! Das ist alles nur wegen dir! Ich bin begeistert, und ich habe in meinem ganzen Leben noch nie so viel gelacht. Ich habe in den letzten 06 Monaten um den Job gekämpft, und wegen dir ist es in ein paar Tagen passiert.

(Ich kann mir ihr Gesicht sehr gut vorstellen, wie schön es aussehen würde). Damals gab es noch keine Videotelefonie und kein WhatsApp. Mobiltelefone waren auch nur einfache Modelle und wurden nur zum Telefonieren und für SMS verwendet.

Ich wollte sie in meine Arme nehmen, aber leider war ich weit weg...:-))

Die Tage vergingen, wir waren beide in unseren jeweiligen Jobs beschäftigt. Ab und zu hatten wir ein paar kleine Gespräche am Telefon. In der Zwischenzeit war mein Praktikum abgeschlossen, und ich wurde zu meinem Masterstudium zugelassen.

Ich zog nach Bangalore. Trotzdem schlug mein Herz immer noch für sie. Es war im Dezember, ich überprüfte gerade mein Telefonbuch, als ich beim Scrollen plötzlich Kritis Nummer aufblinken sah,

(Ich dachte, es sind so viele Tage vergangen, an denen wir nicht miteinander gesprochen haben)

Also rief ich sie an, aber sie nahm nicht ab. Ich dachte, sie sei vielleicht beschäftigt, also ließ ich mein Telefon liegen und widmete mich meiner Arbeit.

In der Nacht, gegen 1 Uhr, klingelte mein Telefon. Ich befand mich im Halbschlaf und war etwas irritiert über den Anruf.

(Wütend, wer ruft diesmal an, was soll's), als ich mein Telefon sah, war es Kriti, die anrief.......

Oh!!! Gott, ich bin aus dem Bett gesprungen, all meine Faulheit ist verschwunden, ich war so glücklich, und wieder fing mein Herz an, schnell zu pochen, aber ich habe mich beherrscht und den Anruf angenommen:

Ankit: Hey! Hi, wie geht es dir?

Kriti: Hi, mir geht es gut. Tut mir leid, dass ich deinen Anruf verpasst habe. Ich war im Büro und bin gerade nach Hause gekommen. In einem Büro ist es nicht erlaubt, Telefone zu benutzen, also habe ich sofort angerufen, als ich deinen verpassten Anruf sah.

Ankit: Ist schon okay. Bist du so spät gekommen? (fragt neugierig)

Kriti: Ja, ich arbeite in der US-Schicht, also bin ich heute früh gekommen; normalerweise komme ich gegen 4 Uhr morgens.

Ankit: (Überrascht) Oh!!

Kriti: Hast du geschlafen? Habe ich dich gestört?

Ankit: Nein! Überhaupt nicht.

(Dieses Gespräch dauerte 4 Stunden, und wir sprachen über unsere Familien, unsere Vergangenheit, unsere Ausbildung, usw.)

Während dieses Gesprächs erfuhr ich, dass ihre Eltern geschieden waren und ihr Leben seit ihrer Kindheit voller Probleme war. Darüber hinaus hat sie vor kurzem eine Trennung von ihrer vier Jahre alten Beziehung hinter sich. Zufälligerweise hatte auch ich die gleiche Trennung von meiner 07 Jahre alten Beziehung hinter mir. Irgendwann fing ich an, etwas Mitleid mit ihr zu haben. Zur gleichen Zeit, mein Herz war auch pochende für sie zu.

Wir machten also beide unsere traumatische emotionale Phase durch. Wir brauchten beide die liebevolle Unterstützung des jeweils anderen.

Vielleicht ist das der Grund, warum wir uns beide getroffen haben.

"Ich habe das Gefühl, dass es für jeden Menschen, den wir in unserem Leben treffen, einen Grund geben muss."

Ich begann, Tag und Nacht an sie zu denken. Ihr schönes Gesicht lässt mich nicht mehr los. Die Tage vergingen, unsere Gespräche wurden länger und länger; manche dauerten sogar 12-18 Stunden.

Irgendwoher wusste ich, dass wir miteinander verbunden sind, weil wir anfingen, jedes einzelne Geheimnis, jeden Gedanken, jede Sorge und jedes Glück zu teilen.

Es war die Zeit, in der ich mich noch nie so zuversichtlich und glücklich gefühlt habe, und es war, als ob ich in einer anderen Traumwelt wäre. Außerdem erregte mich das niedliche, engelsgleiche, schöne Gesicht jede Sekunde des Tages mehr.

ERSTES TREFFEN

Fast neun Monate sind vergangen; bis jetzt haben wir nur stundenweise miteinander telefoniert. Jetzt wollte ich sie unbedingt sehen. Es ist jetzt schon lange her.

(Wollte sie in meine Arme nehmen, sie küssen).

Ich hatte auch meinen Master abgeschlossen und einen Job in Bangalore angenommen, also bestand ich darauf, dass wir uns eines Tages treffen und einen Tag zusammen verbringen.

(Vielleicht wollte sie auch mich kennenlernen).

Wir beschlossen, dass wir uns dieses Wochenende in Delhi treffen würden. Gestern Abend vor dem Treffen habe ich mich ordentlich zurechtgemacht, denn nach der Hochzeit meiner Schwester werde ich sie zum ersten Mal treffen. Der Tag des Treffens ist gekommen. Es war im März, am Tag des Treffens, ich war so glücklich und aufgeregt, sie zu treffen, und ich erwartete das Gleiche von ihrer Seite.

Ich wachte frühmorgens gegen 1 Uhr auf, da ich meinen ersten Flug am Morgen nehmen musste, es waren 20 Minuten Fahrt von meinem Wohnort zum Flughafen, und ich wollte einfach so früh wie möglich ankommen, um nicht zu spät zu kommen. Ich wollte mehr und mehr Zeit mit meiner großen Liebe des Lebens verbringen.

(Ich war so aufgeregt, sie zu sehen, dass ich an nichts mehr denken konnte, mein Kopf war voll mit ihren Gedanken. Ich weiß nicht, woher ich so viel Energie nahm.)

Sie rief ihre Cousine Schwester namens: Chandini mit ihrem Freund Raj auch. Wir kamen alle pünktlich zum Treffpunkt; der schöne Moment war gekommen, auf den ich so lange gewartet hatte, als sie aus der Auto-Rickshaw ausstieg und ich ihren ersten Blick erhaschte,

(OMG! Ich friere mein Herz klopfen so schnell und laut).

Ich starrte sie ununterbrochen an; sie sah so schön und hübsch aus in ihrem blauen Top und den Jeans.

An diesem Tag hatte sie ihre Haare zu einem Pony hochgebunden,

(Mädchen in Ponyform faszinieren mich immer, außerdem hat sie hübsche Augen, ein rundes, strahlendes Gesicht, seidiges, hellbraunes Haar, scharfe Gesichtszüge, eine gut gepflegte, heiße und sexy Figur und weiche, rosafarbene, dicke Lippen).

Ich konnte nicht widerstehen, sie ununterbrochen zu beobachten, und ich verlor meine Sinne und verlor mich völlig in ihrer Schönheit.

Plötzlich wurde ich von einer Stimme unterbrochen: "Jiju" (ich war geschockt und kam wieder zur Besinnung), es war Chandini.

Ich sagte: Was? Was hast du gerade gesagt? (Ich wurde rot und war innerlich so glücklich).

Chandini: Nichts, wo du verloren hast. Ähem, ähem!! (sie hat mich auf den Arm genommen).

(Ich weiß, dass Chandini und Kriti auch eng befreundet waren, ich schätze, sie hat dasselbe Gefühl wie ich und vielleicht hat sie ihr viel über mich erzählt).

Nun, wir alle vier gingen zuerst ins Kino. Im Kinosaal saß sie neben mir und dann Chandini und ihr Freund. Ich hatte das Gefühl, dass Chandini es mir gemütlich machen wollte und uns auch etwas Privatsphäre geben wollte (vielleicht wollte sie auch das Gleiche........ ha!ha!).

Meine ganze Aufmerksamkeit war auf sie und ihre Lippen gerichtet. Jedes Mal, wenn sie lächelte, fühlte ich einen Sturm in mir.

(Zu diesem Zeitpunkt wollte ich sie in meinen Händen halten. Wollte ihre Wangen drücken, ihre rosigen Lippen küssen. Diese Dinge waren nur in meinen Gedanken.)

Außerdem will ich sie nicht wegen meiner Dummheit verlieren, weil ich mir ihrer Gefühle für mich nicht sicher bin.

Ich will nicht, dass diese Freundschaft zerbricht, also habe ich mich beherrscht.

Während ich im Film in meine Welt vertieft war und sie weiter anstarrte, sah sie plötzlich auf mich zu; ich hatte solche Angst, dass ich mein Gesicht auf die andere Seite bewegte. Zu meiner Überraschung sahen mich auf der anderen Seite Chandini und Raj an, und alle lächelten.

(Ich wurde rot und schämte mich auch).

Chandini: (Wieder fing sie an, mich auf den Arm zu nehmen), was Jiju!!, schau den Film an, nicht meine Schwester Kriti (Sie lächelte).

Ankit: Ja, ich schaue nur den Film. (Ich blinzelte mit den Augen und lächelte zurück.)

Dann sah ich zu Kriti, um ihre Reaktion zu sehen, und sie lächelte auch. (Ich glaube, sie hat auch bemerkt und vielleicht verstanden, dass ich sie sehr mag und in sie verliebt bin).

Nach dem Film gingen wir in einen Vergnügungspark, der in der Nähe des Kinosaals lag, wo ich erfuhr, dass sie verrückt nach Wasserbahnen war und auch eine gute Schwimmerin. Wir genossen einige Ausflüge zusammen.

(Die ganze Zeit über war ich in sie verliebt und genoss jede Sekunde meiner Zeit).

Abends gegen 18 Uhr sollte ein Regentanz stattfinden; wir hatten aber genug Zeit für das Regentanzprogramm. Wir hatten alle seit dem Morgen nichts mehr gegessen. Es war schon später Nachmittag, und wir waren alle hungrig, also gingen wir in das nahe gelegene Restaurant und bestellten etwas zu essen. Während wir aßen, starrte Chandini mich ständig an und beobachtete jede meiner Bewegungen.

Als ich sie dabei beobachtete, fragte ich: Hey, was ist passiert?

Chandini: (in einer lustigen Stimmung) nichts, jiiijjjjuuuu, und sie schenkte mir ein listiges Lächeln.

Ich sah, dass Kriti Chandini große Augen machte; es sah so aus, als wolle sie nicht, dass ich etwas erfahre.

Bis jetzt war ich mir halbwegs sicher, ob sie auch so über mich denkt wie ich, aber nach diesem Vorfall oder Andeutung, kann man sagen, habe ich verstanden, dass auch in ihr etwas vorgeht.

Vielleicht hat sie aufgrund ihrer früheren Erfahrungen Angst, mich zu verlieren oder eine neue Beziehung einzugehen.

Gleichzeitig war ich auch neugierig auf ihre Gefühle, ich kann sie nicht direkt fragen, vielleicht wird sie wütend.

(Ich dachte, ich lasse es sein, was auch immer passiert, lass es geschehen. Wir sollten es langsam angehen lassen).

Als wir alle mit dem Mittagessen fertig waren, war es 17.30 Uhr, und das Programm sollte beginnen, also eilten wir alle zum Veranstaltungsort; es herrschte eine ziemlich gute Atmosphäre, ein lauter DJ, viele Paare. Wir waren fasziniert von den Arrangements.

Pünktlich um 18 Uhr begann das Programm und wir tanzten alle, Wasser regnete auf uns und laute romantische Lieder machten uns alle schweißnass. Ich schaute Kriti an.

OMG! Sie sah so wunderschön, sexy und heiß aus, mit einem perfekt geformten, straffen Körper in ihren nassen Kleidern, rosigen Lippen, völlig durchnässten offenen Haaren.

(Ehrlich gesagt, es erregte mich, aber ich beherrschte mich)

Mehr als die Musik genoss ich das Tanzen mit ihr.

(Das erste Mal nahm ich sie beim Tanzen in die Arme, meine beiden Hände lagen um ihre Taille, wir waren uns so nahe, dass ich ihren Herzschlag und ihr schnelles Atmen hören konnte, das Gefühl war unglaublich).

Während ich tanzte, sah ich ihr in die Augen, ich konnte sehen, dass sie schüchtern war und ihre Gefühle nicht ausdrücken konnte, aber ich konnte ihre Emotionen spüren, wie glücklich sie war und ihren Tag in vollen Zügen genoss.

Nun, es war 19.30 Uhr, sie musste vor 21 Uhr in ihrer Herberge sein, da sie um 2 Uhr morgens eine Büroschicht hatte, also machten wir uns alle auf den Weg vom Vergnügungspark zu ihrer Herberge, nachdem wir uns umgezogen hatten, das waren 10 km.

Wir nahmen eine Auto-Rickshaw und erreichten ihre Herberge in etwa 30 Minuten. Als wir uns ihrem Wohnheim näherten, flossen in meinem Herzen Tränen. Ich hatte mich schlecht unter Kontrolle, weil ich nicht wollte, dass dieser Moment vergeht. Ich wollte die Zeit anhalten. Ich versuchte, mehr und mehr bei ihr zu bleiben.

Dr. Ankit Bhargava

Wie du weißt, bleibt die Zeit für niemanden stehen, und so war es auch nicht.

Der traurige Moment war gekommen, in dem wir uns alle verabschieden mussten und uns auf den Weg nach Hause machten.

Schweren Herzens umarmte ich Kriti und Chandini, verabschiedete mich von ihnen und nahm ein Taxi zum Flughafen, um meinen frühmorgendlichen Flug nach Hause zu nehmen.

(Irgendwo waren Chandini und ich auch emotional miteinander verbunden, da wir beide einen ähnlichen Charakter haben. Ich fing auch an, sie zu mögen, wie eine Jija-Saali-Beziehung... voller Liebe und Masti .....hehe).

Auf dem Weg zum Flughafen nahm ich mein Handy heraus, behielt meine Kopfhörer auf und fing an, romantische Musik zu hören. Die ganze Fahrt über dachte ich an sie und weinte innerlich, weil ich nicht wusste, wann ich sie das nächste Mal treffen würde.

Dann erhielt ich plötzlich eine SMS von Kriti:

"Danke, dass du meinen Tag zu etwas Besonderem gemacht hast; ich habe noch nie so viel Glück in meinem Leben gespürt. Weißt du, Chandini mochte dich auch sehr...(Smiley)"

(Nach dieser Nachricht war ich so glücklich, errötete und lächelte).

Ich antwortete (auf flirtende Weise): "Sogar du hast mir den Tag versüßt, und ich fühlte mich mit dir noch mehr verbunden.

Du sahst so schön aus, dass ich nicht einmal versuchen konnte, meinem Blick zu widerstehen. Chandini hat mir auch gefallen. Ich denke, wir werden eine großartige Beziehung haben".

Kriti antwortete: "Wirklich!!! (lächelnd). Nun, konzentriere dich jetzt auf deine Arbeit. Hehe".

(Ich erreichte mein Zuhause am Morgen und machte mich für mein College fertig. Es war das Ende eines schönen und denkwürdigen Tages).

Dr. Ankit Bhargava

SCHWIERIGE ZEIT

Ich stand vor der Herausforderung, Vertrauen zu entwickeln und sie dazu zu bringen, sich wieder zu verlieben, denn seit ihrer Kindheit hatte sie viel zwischen ihren Eltern erlebt und dann mit einem Freund Schluss gemacht, und all diese Ereignisse haben sie völlig gebrochen. Sie entwickelte auch eine Phobie vor der Ehe.

Ich nahm die Herausforderung an und begann davon zu träumen, 24 Stunden am Tag mit ihr zusammen zu sein. Vielleicht begann ich sie so tief und rein zu lieben.

Ich bin ein sehr romantischer und fürsorglicher Mann, der gerne immer etwas Kreatives und Einzigartiges macht.

Es war meine Liebe, also musste ich natürlich viele Dinge für meine Liebe tun, um sie zu überraschen.

Also fing ich an, dasselbe für sie zu tun, um das unglaubliche Lächeln in ihrem Gesicht zu sehen.

Es war im Mai, als sie anfing, gesundheitliche Probleme zu haben, und immer wieder krank wurde, weshalb sie ihren Job aufgab und in ihre Heimatstadt zurückkehrte, wo sie ihr Masterstudium aufnahm. Wir waren aber immer noch regelmäßig per Telefon in Kontakt.

Da sie nun keine Arbeit mehr hatte, verbrachten wir immer mehr Zeit am Telefon. Im Durchschnitt telefonierten wir 4-8 Stunden pro Tag, und wir hatten sogar einen Rekord von 18 Stunden ununterbrochener Rufbereitschaft.

Da ich keinen regelmäßigen Job hatte, hatte ich auch viel Zeit zum Reden, und ehrlich gesagt, war sie zu dieser Zeit sogar noch wichtiger als mein Job.

Ich flirtete immer wieder mit ihr und teilte ihr meine Gefühle mit, aber sie antwortete immer noch jedes Mal lässig.

Ich begann, regelmäßig Briefe zu schreiben. Ich schickte handgemachte Karten und selbst geschriebene romantische Gedichte, um ihr ein Lächeln ins Gesicht zu zaubern.

(Natürlich auch, um sie zu beeindrucken. Hehe!!! Ich war mir ziemlich sicher, dass, was immer ich auch tue, sich diese harte Arbeit in der Zukunft auszahlen würde, und niemand hatte bisher so viel für ihr Glück getan).

Meine Absichten waren nie darauf ausgerichtet, etwas dafür zu bekommen. Ich tat all die harte Arbeit, um Kriti glücklich zu machen und sie zum Lächeln zu bringen, und was immer in meiner Macht stand, sollte ich für ihr Glück tun.

Sogar meine Briefe und Karten zeigten mein Gefühl, dass ich sie so sehr liebe. Vielleicht kommt sie ja auch auf diese Idee, ich hoffe es.

Ich sang und spielte auch ihre Lieblingslieder auf dem Casio, nahm sie auf und schickte sie auf ihr Handy.

Das war die Zeit, in der meine Eltern auch nach einem Mädchen für mich suchten. Ich war bereits 27 Jahre alt und stand unter dem Druck, heiraten zu müssen.

(Irgendwo tief in meinem Inneren weiß ich, dass sie eines Tages ja zu mir sagen wird)

aber ich musste mit ihrer Angst, ihren Vorstellungen usw. kämpfen.

Meine Schwester und ich standen uns sehr nahe, also habe ich ihr bereits von meinen Gefühlen erzählt, und sie kennt diese Familie ziemlich gut, aber trotzdem sagt sie immer, Kriti sei als Freundin geeignet, aber nicht als Lebenspartnerin.

Offensichtlich war ich blind vor Liebe, also habe ich nie auf sie gehört, und manchmal hatten wir sogar heftige Auseinandersetzungen und Streit.

Ich fing an zu denken, dass sie sie nicht mag, deshalb will sie nicht, dass ich sie heirate.

(Aber sie hatte recht, wie ich später in meinem Leben erfahren habe).

NEFFE ZEREMONIE

Wie auch immer, die Tage vergingen, es war die erste Feier des Sohnes meiner Schwester, und so bekam ich die Gelegenheit, Haridwar zu besuchen (ein Ort, zu dem auch sie gehört).

Ich war sehr aufgeregt, sie wieder zu treffen, und seit unserem letzten Treffen haben sich so viele Dinge zwischen uns entwickelt.

Am Tag der Veranstaltung wartete ich verzweifelt auf ihr Erscheinen. Die Veranstaltung hatte bereits vor 2 Stunden begonnen, aber sie war immer noch nicht da.

Ich wurde sehr ungeduldig und auch nervös.

Ich war in Gedanken versunken, als ich sie plötzlich mit ihrer Mutter sah.

(Innerlich war ich sehr nervös und aufgeregt, mein Herzschlag wurde schneller und lauter. Den Weg zu finden, wie ich zu ihr gehen sollte, denn es waren so viele Verwandte in der Nähe, einschließlich meiner Eltern).

Oh Gott! Sie sieht aus wie eine Prinzessin in ihrem Churidar-Salwar-Anzug.

(In diesen vielen Monaten ist sie fitter geworden, wahrscheinlich durch das Schwimmen, das sie nach ihrer Rückkehr nach Hause begonnen hatte).

Draußen begann das Mittagessen. Ich habe gesehen, dass Kriti mit ihrer Mutter zum Mittagessen geht.

Ich ging auch hinterher, und als sie sich schon das Essen serviert hatten und in der Ecke standen und aßen.

Ich ging zu ihrer Mutter und fragte sie: Wie geht es dir, Tantchen? Ist alles gut!

(Obwohl ich mich mit ihrer Mutter unterhielt, waren meine Gedanken und Augen nur auf sie gerichtet, sie lächelte auch.)

Ihre Mutter antwortete: Ja, es ist alles in Ordnung, mein Sohn. Und wie geht es dir?

Ich antwortete: Ja, alles gut, Tantchen.

Dann ging ich auf sie zu und fragte: Wie geht es dir, Kriti?

Kriti: Ganz gut.

(Ihre Mutter ging auf die andere Seite und sprach mit einer ihr bekannten Person, so dass wir die Gelegenheit hatten, uns privat zu unterhalten).

Ankit: Ich wollte etwas sagen, weil ich es nicht mehr vor dir verstecken kann?

Kriti: Und was?

Ankit: Ich will dich für immer in meinem Leben haben. Ich kann ohne dich nicht leben. ICH LIEBE DICH!

Kriti: (Schweigen)!! (Ohne Antwort) Sie bewegte sich, als ihre Mutter kam.

Aber ich sah das Glück in ihren Augen, da sie mich auch mag, aber trotzdem war ich nervös, neugierig auf ihre Gefühle.

(Sie war ein introvertiertes Mädchen, also sollte sie ihre Gefühle nicht so schnell zeigen. Vielleicht ist die Angst zu verlieren auch ein weiterer Grund dafür, dass sie so hier ist).

Alle sind wieder nach Hause gegangen, aber ich kann mich immer noch nicht beruhigen. Ich war etwas besorgt über ihre Antwort und dachte auch darüber nach, ob meine Freundschaft bestehen bleiben würde oder nicht.

Nun, ich kam zurück nach Bangalore und wurde mit meiner Arbeit beschäftigt. Das war das erste Mal, dass sie drei Tage lang nicht angerufen hat; jetzt war ich etwas skeptisch, vielleicht ist sie wütend oder braucht Zeit, um über meinen Vorschlag nachzudenken.

(Mir gingen also viele positive und negative Gedanken durch den Kopf).

Eine Woche verging, immer noch kein Anruf, keine Nachrichten von ihr, schließlich rief ich sie an.

Sie nahm ab:

Kriti: Hallo! Wie geht es dir?

Ankit: Mir geht es gut, was ist passiert? Warum hast du mich seit einer Woche nicht mehr angerufen?

Kriti: Hey! Tut mir leid, mir ging es nicht gut und ich brauchte auch Zeit, um über uns nachzudenken.

Ankit: Und was hast du gedacht?

Kriti: Ich weiß es nicht, aber ja, du bist meine beste Freundin, der ich vertrauen kann.

Ich weiß genau, dass ich mit dir sehr glücklich sein würde und du dich gut um mich kümmern würdest. Ich weiß auch, dass deine Liebe echt ist, was ich vom ersten Tag an spüren kann. Ich weiß auch, dass du mich lieben wirst, wie es niemand tun kann.

Aber ich habe ein wenig Angst, also gib mir bitte noch etwas Zeit, um nachzudenken und mich vorzubereiten.

Ankit: Kein Problem, meine Liebe, zumindest bin ich froh zu wissen, dass du das gleiche Gefühl hast wie ich, also lass dir Zeit, bis ich mein Bestes gebe, um dich noch mehr zu beeindrucken. (beide lachen laut).

Nun! Wie steht es jetzt um deine Gesundheit?

Kriti: Ja, ich habe Medizin genommen, also geht es mir etwas besser.

Ankit: Weißt du, ich bin jetzt ein bisschen erleichtert.

Kriti: Warum?

Ankit: Du hast mich seit einer Woche nicht mehr angerufen, also war ich besorgt und hatte Angst, dich und deine Freundschaft zu verlieren. Ich dachte, du könntest wütend auf mich sein.

Kriti: (langgezogen), warum sollte ich böse auf dich sein? Du hast mir an diesem Tag von deinen Gefühlen erzählt, aber ich wusste das schon seit dem ersten Tag, an dem wir uns kennengelernt haben.

Die Art, wie du mich immer ansiehst, deine Augen sagen alles.

Ankit: Wirklich! (lacht).

Okay, Liebes, ich rufe dich später an, pass auf deine Gesundheit auf. (Beide legen glücklich den Hörer auf)

KRITI's GEBURTSTAG

Der am meisten erwartete Tag war gekommen. Es war Kritis erster Geburtstag, seit wir unsere wahren Gefühle füreinander zum Ausdruck gebracht haben.

Auch wenn ich ihr gegenüber nur meine Liebe gezeigt habe, so war es doch stille Liebe von ihrer Seite, das wusste ich sehr wohl.

Es war auch der wichtigste Tag für mich, denn ich wollte sie überraschen und hatte mich in den letzten Monaten auf diesen Tag vorbereitet.

Inzwischen kannte ich ihre Vorlieben und Abneigungen sehr gut, denn unsere Freundschaft hatte vor zwei Jahren begonnen.

Ich wusste, dass sie verrückt nach Perlen ist. Also kaufte ich eine wunderschöne Perlenkette und einen Perlenring.

(mit dem ich vorhabe, ihr einen Heiratsantrag zu machen), machte eine schöne Präsentation mit allen Fotos, die wir in diesen vielen Monaten zusammen gemacht hatten.

Ich hatte alle wichtigen Ereignisse vom ersten Tag unseres Kennenlernens bis heute mit ihren Lieblingsliedern im Hintergrund in den Dias festgehalten.

Eine handgefertigte Karte und ein von Hand auf ein Betelblatt gezeichnetes Gesicht, da sie gerne Betelblätter aß.

Ich habe auch einen Rosenstrauß für sie zusammengestellt, der fast 25 Rosen enthält (sie wurde an diesem Geburtstag 25 Jahre alt).

Mit einigen anderen kleinen Geschenken erreichte ich Haridwar von Bangalore aus und sorgte dafür, dass ich um 6 Uhr morgens ihr Haus betreten konnte, so dass sie in dem Moment, in dem sie die Augen öffnete, mein Gesicht vor sich sehen würde.

(Zu diesem Zeitpunkt wollte ich nur ihr überraschtes Gesicht mit ihrem wunderschönen Lächeln sehen).

Obwohl es eine anstrengende Reise für mich war, musste ich von Bangalore nach Delhi fliegen und dann den Bus nach Haridwar nehmen, das 6 Stunden von Delhi entfernt liegt.

Aber all diese Entbehrungen waren nichts im Vergleich zu meiner Liebe, denn irgendwoher wusste ich, dass in dem Moment, in dem ich ihr Gesicht und ihr Lächeln sehe, meine ganze Müdigkeit verschwinden wird.

So erreichte ich Haridwar gegen 4 Uhr morgens. Ich bleibe am Busbahnhof und warte, bis die Sonne aufgeht (es war zu früh, um auf diese Weise das Haus von jemandem zu erreichen).

Ich wartete 1,5 Stunden am Busbahnhof, und dann, anstatt ein Auto zu nehmen, ging ich zu Fuß, da ich noch eine weitere halbe Stunde überbrücken musste.

Ich begann, zu ihrem Haus zu schlendern, das 4 km vom Busbahnhof entfernt war.

(Sobald ich mich ihrem Haus näherte, wurde mein Körper vor Nervosität immer kälter, mein Herz schlug immer schneller. Ich spürte, dass mein Adrenalinspiegel kurz vor dem Platzen war).

Nach etwa 30 Minuten erreichte ich ihr Haus, und als ich mich ihrem Haupttor näherte, klopfte mein Herz schnell und laut, die Nervosität stieg ins Unermessliche, mein Körper wurde kalt und fröstelte. Ich war kurz davor, ohnmächtig zu werden.

Irgendwie schaffte ich es, dort anzukommen und mit viel Mut den Klingelknopf zu drücken.

Ihre Mutter öffnete die Tür und sagte:

Kriti's Mutter: Hey, wie kommt es, dass du hier bist?

(Sie war überrascht und schockiert).

Ankit: (Nervös) Ich bin nur gekommen, um die Tante zu überraschen.

Kriti's Mutter: Oh! Schön, komm rein, mein Sohn.

Ankit: (Etwas entspannt betritt er das Haus). Tantchen, wo ist sie?

Kriti's Mutter: Sie schläft Beta. Soll ich sie aufwecken?

Ankit: Nein! Nein! Tantchen, lass sie schlafen. Ich habe meinen Blumenstrauß auf ihre Seite gelegt. (wartet neugierig darauf, dass sie aufwacht).

Ich habe ihrer Mutter gesagt, dass ich auch etwas mit dir besprechen möchte. Darf ich das sagen?

Kritis Mutter: Ja, klar. Erzähl mir, was passiert ist.

Ankit: (Nervös und ängstlich), Tantchen, ich wollte nur sagen.....

(Völlige Stille im Raum und Unschlüssigkeit in mir)

Kriti's mother: Sag es mir, mein Sohn, mach dir keine Sorgen, sag, was immer du sagen willst.

(Es sieht so aus, als hätte sie einen Hinweis darauf, worüber ich sprechen werde).

Ankit: (nimmt viel Mut zusammen und sagt) Tantchen! Bitte nimm es mir nicht übel, aber ich wollte Kriti heiraten, und ich liebe sie sehr. Ich verspreche dir, dass ich sie glücklich machen werde.

Kritis Mutter: (Ruhig) Beta, also, ich mag dich, und ich habe kein Problem damit. Ich habe ihr alle Entscheidungen überlassen, die sie für ihr Leben treffen muss. Wenn sie damit einverstanden ist, habe ich überhaupt kein Problem.

(Ich war ein bisschen entspannt und froh, das zu wissen)

Kriti's Mutter: Du musst müde und hungrig sein, warum schläfst du nicht eine Weile?

Ankit: Nein, Tantchen, es ist okay, lass mich ihr diese Überraschung geben, dann werde ich schlafen.

Kritis Mutter: (Leise lächelnd und ruhig).

Sie begann das Frühstück vorzubereiten. Es war bereits 7.30 Uhr.

Ich war neugierig und ungeduldig und wartete und wartete.

Schließlich sagte ich es ihrer Mutter: Tantchen, ich werde sie aufwecken!

Kriti's Mutter: Ja, sicher.

Dann ging ich an ihr Bett, nahm eine Rose in die Hand und versuchte, damit ihr Gesicht zu reiben.

Sie öffnete ihre Augen, entfernte die Rose und schlief wieder. Ich wiederholte das Gleiche noch einmal; dieses Mal sagte sie: "Was?

(Sie mag es nicht, im Schlaf gestört zu werden. Sie war in diesen Tagen hyper-manisch, wahrscheinlich, weil sie kein Büro hatte.)

Ich sagte (höflich): Happy Birthday, Kriti!!!

Da hat sie wohl gemerkt, dass es nicht ihre Mutter war, die sie gestört hat.

Sie öffnete plötzlich die Augen und erschrak:

Kriti! Du! (Sprachlos, überrascht und glücklich)

Ankit: Ja, ich! (Lachend)

Kriti: Wie kommt es, dass du hier bist?

Ankit: Schließlich ist es dein Geburtstag, also bin ich hier, um dich zu überraschen.

Kriti: Verrückt! Du bist den ganzen Weg gekommen, um mich zu überraschen.

Ankit: Ja! Schätzchen! (flirtet mit sich selbst).

Kriti: Du gibst so viel Geld aus, um mich zu überraschen?

(Ich kann ihr Gesicht voller Überraschung, schockiert, sprachlos und glücklich sehen. Es waren alles gemischte Reaktionen, die sie nicht ausdrücken konnte).

Ankit: Ja! Was soll's, nichts ist wichtiger als dein Glück.

Kriti: Du bist verrückt!

Ankit: (Lustige Art) Das bin ich seit meiner Geburt.

(Beide lachen)....

Sie stand von ihrem Bett auf und machte sich frisch und munter, nachdem sie ein Bad genommen hatte und so weiter.

Wir waren beide hungrig, also frühstückten wir mit ihrer Mutter.

Es war 9 Uhr morgens, nachdem wir gefrühstückt hatten, ging ihre Mutter auf den Markt und ließ uns beide allein zu Hause.

Dann sagte ich: Ich habe noch eine Überraschung für dich?

Kriti: Was für eine?

(Ich hole alle Sachen heraus, die ich für sie mitgebracht hatte)

Ich nahm den Ring in meine rechte Hand, ging auf die Knie, Rosen in die andere Hand und machte ihr einen Antrag:

Ankit: Kriti! Willst du mich heiraten?

Kriti: (Lächelnd!) Nahm den Ring und sagte: Ich weiß es nicht!

(Aber sie wurde rot).

Ankit: Okay, hol mir den Laptop, ich wollte dir etwas zeigen.

Kriti: (Bringt den Laptop und wartet überrascht.)

Ich steckte meinen USB-Stick ein und begann, ihr die Präsentation zu zeigen.

Nach der ganzen Präsentation war sie so erstaunt, dass sich ihre Augen mit Tränen füllten.

Ich sagte: Hey! Was ist passiert? Warum weinst du denn?

Kriti: Nichts! Ich bin fasziniert von deinen Bemühungen (Plötzlich umarmte sie mich).

Ich war auf Wolke 9. So glücklich!

Ich zeigte ihr auch andere Sachen, die ich ihr zum Geburtstag mitgebracht hatte, nach dieser kleinen Feier,

sagte sie: Ankit! Ich weiß nicht, was ich sagen soll! Was soll ich sagen, aber du hast mir den Tag versüßt, und das ist das beste Geburtstagsgeschenk, das ich bis jetzt bekommen habe. Ich danke dir so sehr!

(Ich umarmte sie wieder und war diesmal sehr emotional und glücklich).

Die Umgebung wurde emotional; um sie zu entspannen, fing ich an, lustige Schläge zu machen, und sie fing an zu lachen.

Ich sagte: Hey, wo ist meine Party?

Kriti: Lass uns rausgehen! Wohin wollt ihr gehen?

Ankit: Lass uns zu Dominos gehen.

(Ich weiß um ihre Liebe und Verrücktheit nach Pizza).

Sie wachte fröhlich auf, machte sich fertig, nahm ihren Scotty und fuhr mit mir zu Dominos.

Es war bereits Mittagszeit, und es war etwa 16 Uhr. Ich muss einen Zug nach Delhi erwischen und dann am späten Abend meinen Rückflug nach Bangalore.

Wir aßen und verbrachten fast 2 Stunden zusammen bei Dominos und dann setzte sie mich am Bahnhof ab.

Sie ging mit mir in den Bahnhof. Ich stieg in den Waggon C1 ein und nahm den Fensterplatz, da meine Buchung im Sesselwagen war, und sie stand draußen am Fenster meines Platzes.

Als ich ging, sagte ich: Kriti! Bitte denke über unsere Zukunft nach. Ich liebe dich sehr und kann nicht ohne dich leben.

Sie hörte schweigend zu und beobachtete mich ununterbrochen, während sich mein Zug in Bewegung setzte.

(Wir kamen nur 5 Minuten vor der Abfahrt des Zuges an, so dass wir nicht genug Zeit zum Reden hatten)

Mir war zum Weinen zumute, aber schweren Herzens verließ ich Haridwar und fuhr mit den schönen Erinnerungen zurück nach Bangalore.

ENDGÜLTIGE ENTSCHEIDUNG

O6 Monate sind vergangen, ich habe immer noch keine klare Antwort von Kriti erhalten, und auf der anderen Seite haben meine Eltern bereits mit der Suche nach einer Braut für mich begonnen.

Zu viel Druck baut sich auf mir auf. Ich zögerte den Prozess irgendwie hinaus und wartete auf ihre klare Antwort.

Als ich es nicht mehr aushielt, rief ich sie an und fragte Kriti ein letztes Mal, und ich war schon ein bisschen genervt, weil ich sie in den letzten Monaten so oft gefragt hatte, ob sie mich heiraten würde oder nicht", und sie leider immer sagte, ich wüsste es nicht".

An diesem Tag hatten wir einen heftigen Streit darüber.

Ich habe gesagt: Kriti, bitte gib mir ein klares Nein oder Ja, ich kann das nicht mehr ertragen. S

Er stritt mit mir und legte den Hörer auf.

Jetzt bin ich in einem gemischten Zustand, verwirrt, wütend, gereizt, deprimiert (es war, als kämen alle Emotionen auf einmal heraus), denn zu diesem Zeitpunkt wollte ich sie um jeden Preis in meinem Leben haben.

Es sieht so aus, als wäre sie zu meiner Obsession geworden, ihre Schönheit und Romantik tanzten auf meinem Kopf und machten mich Tag für Tag verrückt nach ihr.

Ich war ahnungslos, leer, empört. Als ich schließlich keinen Ausweg mehr aus dieser Falle fand, beschloss ich, den Vaishno Devi-Schrein zu besuchen.

(Ich glaube fest an Vaishno Devi, und schließlich war Gott der Einzige, der meinen Wunsch, sie zu bekommen, erfüllen konnte. In diesem besonderen Moment war ich so verrückt und verzweifelt, dass ich bereit war, alles zu tun, um sie zu bekommen).

Also beschloss ich, "Vaishno Devi" aufzusuchen, einen heiligen Ort der Anbetung für Hindus in Jammu und Kaschmir. Dieser Schrein ist sehr berühmt für die Erfüllung lang anhaltender Wünsche, die Lösung menschlicher Lebensprobleme, usw.

Ein Schüler sagt, dass jeder, der diesen Tempel mit wahrem Glauben besucht und den Segen von Vaishno Devi annimmt, alle seine Wünsche erfüllt bekommt.

Ich war ein wenig müde, weil ich in den letzten drei Jahren versucht hatte, ihr Ja zu bekommen. Ich war also etwas deprimiert und ging zu Vaishno Devi, um mir meinen einzigen Traum oder Wunsch zu erfüllen.

Es war ein 14 km langer Fußmarsch zum Tempel auf dem Berg, also beschloss ich, barfuß zu gehen.

Ich begann meine Wanderung barfuß von meinem Hotel zum Gipfel des Berges, auf dem sich der Vaishno Devi-Tempel befand. Während des Trekkings sang ich ständig "Jai Mata Di" und betete zu Ma, dass mein Wunsch in Erfüllung gehen möge.

Ich schwöre Gott. Ich werde diese Reise zu Ende führen, ohne etwas zu essen oder zu trinken, bis meine Reise beendet ist. Es war keine leichte Wanderung oder Aufgabe.

Es war der Monat Dezember, die Berge waren mit dichtem Schnee bedeckt. Die Temperatur lag um den Gefrierpunkt, es war ziemlich kalt.

Trotzdem ging ich barfuß und versuchte, meine Füße warm zu halten, wo immer ich die Gelegenheit dazu hatte.

Mein ganzer Fuß und meine Beine waren taub und geschwollen, ich hatte kein Gefühl und keine Empfindung mehr in ihnen, aber mein Herz war voller Liebe und ihr Denken gab mir viel Mut, mich zu bewegen.

Meine Füße wurden auch durch einen Stein auf dem Weg verletzt; Blut trat aus, obwohl ich mich verband und weiterging.

Endlich erreichte ich den Tempel, und nachdem ich mich frisch gemacht hatte, ging ich hinein, es ist unvorstellbar, das Gefühl war großartig, meine Augen füllten sich mit Tränen und Glück.

Die Atmosphäre war so ruhig und beruhigend, dass sie all meine Müdigkeit und meinen Schmerz vertrieb.

Ich hatte die Gelegenheit, die heilige Höhle von Vaishno Devi zu sehen, in der Devi Ma ihre Magie auf ihre Verehrer ausübte. Ich betete zu Ma: Bitte gib mir Kriti in meinem Leben.

Wenn sich das erfüllt, werde ich dich sicherlich gleich nach meiner Heirat wieder aufsuchen.

(Wir Menschen sind so verdorben, wenn wir keine Verbesserungen in unserer Arbeit sehen, bestechen wir auch Gott. Das habe ich auch getan).

Ich nahm die Segnungen von Devi Ma entgegen und machte mich auf den Rückweg zu meinem Hotel, während ich zwischendurch die Segnungen von "Bhairo Baba" entgegennahm, denn es heißt, dass die Reise von "Vaishno Devi" nicht als vollständig angesehen wird, ohne die Segnungen von "Bhairo Baba" entgegenzunehmen.

Ich kehrte voller Energie in mein Hotel zurück, nahm den Zug und fuhr zurück nach Delhi. Ich nahm meinen Abendflug und erreichte Bangalore.

Ich wartete darauf, dass die Magie geschah, denn ich war zuversichtlich, dass Vaishno Devi mir sicher helfen würde, da meine Liebe, meine Hingabe und meine Gebete aus tiefstem Herzen stammten.

Nach ein paar Tagen sprach ich wie üblich mit Kriti am Telefon; plötzlich wurde sie still.

Ich fragte sie: Was ist plötzlich mit dir passiert, warum bist du so still?

Kriti: Ankit! Ich wollte dir etwas sagen.

(Ich kann die Nervosität in ihrer Stimme spüren)

Ankit: Was denn?

Kriti: Ich liebe dich!! (völlige Stille für eine Weile) und ich werde dich heiraten!!

Ankit: (schockiert & überrascht mit gemischten Gefühlen und in einem Zustand, in dem ich nicht weiß, was ich sagen und wie ich reagieren soll) Was! (aufgeregt) Ist das dein Ernst?

Kriti: Ja (errötet)

Ankit: (Ich hüpfte auf dem Bett und dankte Vaishno Devi dafür, dass sie meinen Traum so schnell erfüllte). Danke, mein Schatz! Ich habe keine Worte, um das auszudrücken; du hast mir alles gegeben, was ich wollte.

Wir unterhielten uns eine Weile und legten das Telefon weg.

Dann rief ich meine Eltern an und erzählte ihnen von Kriti, aber das Problem war noch nicht gelöst.

Kritis Mutter war sehr abergläubisch; sie wollte unser Horoskop abgleichen, bevor sie alles festlegte.

Sie nahm die Geburtsdaten von uns beiden und ging zu dem Priester, dem sie folgt, um unser Horoskop abzugleichen.

Ein Schock erwartete uns: Der Priester sagte, dass ihre Ehe nicht länger als drei Monate halten würde und dass sie keine Kinder bekommen würden.

Das sagte uns ihre Mutter sofort. Ich konnte dieser Ehe nicht zustimmen, weil sie für uns beide nicht fruchtbar sein würde. Das Gleiche geschah auch bei mir.

Wir begannen beide, unsere Eltern zu dieser Heirat zu überreden, und schließlich stimmten sie ihr zu. All das geschah so schnell, dass schließlich der formale Prozess begann. Am 18. Juni wurde die Ehe besiegelt, und am 20. Januar war die Verlobung.

Wir waren aufgeregt, alle Vorbereitungen liefen auf Hochtouren, und der 20. Januar war das Datum, auf das ich so hart hingearbeitet hatte, und schließlich kam der wichtigste Tag meines Lebens.

Der Tag war endlich gekommen, meine Familie und ich fuhren zur Verlobung nach Haridwar (Kritis Wohnort).

Hotels und Veranstaltungsort waren vorgebucht, und so erreichten wir das Hotel am 20. Januar früh morgens (dem Tag des Treffens).

Ich war ziemlich aufgeregt und fühlte mich prächtig. Es war etwa 16 Uhr, als wir uns für die Veranstaltung fertig machten. Die Umgebung war wunderschön; es sah aus, als wäre Gott selbst auf die Erde gekommen und hätte mich gesegnet.

Die Sonne war dabei unterzugehen, helles, vielfarbiges Licht, ein frischer Wind. Alles war so perfekt.

Ich erreichte den Veranstaltungsort pünktlich und trug die traditionelle indische Dhoti-Kurta. Überall hörte ich die Geräusche des Glücks, die Menschen grüßten einander, lachten. Meine Verwandten und ihre

Verwandten unterhielten sich und mischten sich unter die anderen.

Ich saß allein auf der Bühne und wartete verzweifelt auf den ersten Blick meiner Liebe.

Bald war der Moment gekommen, auf den ich so lange gewartet hatte.

Sie kam von vorne in einem goldenen Seidensaré, der wunderschön gearbeitet war. Er sieht aus wie ein Kanjivaram-Seidensaré. Chandini (Cousine) war bei ihr.

Ich sehe ihr zögerndes, schüchternes, nervöses Gesicht mit gesenktem Blick, wie sie auf mich zuschlendert.

Sie sah aus wie eine Göttin. Ihr Gesicht strahlte und lächelte; die Haare waren offen und leicht geschminkt. Ich war in einer anderen Welt und nicht bei Sinnen und starrte sie ununterbrochen an. Plötzlich spürte ich, dass jemand neben mir saß.

Es war, als ob ich aus einem Traum aufwachte und sah, dass es Kriti war, und Chandini schenkte mir ein listiges Lächeln, machte ein Geräusch ähem! ähem! Jiju!!

Sagte ich: „Was?

Chandini: (zieht mich auf den Arm) Was denkst du denn? Konzentriere dich auf meine Schwester. Es ist deine Verlobung.

Ich sagte: Ich war in meiner Welt mit deiner Schwester. (Blinzelte mit dem linken Auge).

Jetzt war es Zeit für die Ringzeremonie; nach all den Ritualen stehen wir beide dafür. Sie sah so umwerfend aus; ich konnte nicht widerstehen, sie anzuschauen.

Vor der Ringzeremonie wollte ich ihr immer vor allen Leuten einen Antrag machen. Also ging ich plötzlich auf die Knie, holte eine Rose mit dem goldenen Ring aus meiner Tasche und hielt ihre Hand (alle sahen mich an, was ich da wohl tat?).

Ich fragte: Kriti!!! Ich liebe dich sehr und ich wollte dich fragen. Willst du mich heiraten?

Kriti: (Gesicht wird rot vor Schüchternheit, lächelt) sagte: Ja!! Ich würde gerne!!

Ich habe ihr auch das iPhone als Verlobungsgeschenk gegeben.

(Ich habe seit einem Jahr darauf gespart. Ich befand mich in der Anfangsphase meiner Karriere, so dass ich nicht allzu viel Einkommen haben würde.)

"Weißt du, wenn man jemanden wirklich liebt, kümmert man sich um nichts mehr. Das Einzige, worum du dich kümmerst, ist das lächelnde Gesicht und das Glück deiner Liebe".

Wir tauschten unsere Ringe aus und aßen zu Abend. Endlich waren wir verlobt.

Für mich war es immer noch unglaublich. Ich dachte sogar: Ist das Traum oder Wirklichkeit?

Jetzt kann ich offiziell sagen, dass wir verlobt sind, und sie war mein Verlobter (es ist meiner, hehe).

Wir sind alle noch in derselben Nacht an unsere jeweiligen Orte gefahren. Ich kam zurück nach Bangalore und war mit meinen Patienten, meinem Job usw. beschäftigt. Die Hochzeit stand in einigen Monaten an, also bereitete ich mich auch darauf vor.

Nach vielen Dramen, Entbehrungen, emotionalen Qualen und Überredungskünsten hatte ich einen Traum gesehen, der sich schließlich erfüllte.

Es war mein letzter Traum, den ich geträumt hatte, doch anstatt gute Erinnerungen zu wecken, entpuppte er sich als der größte Albtraum meines Lebens.

Er hat mich völlig gebrochen; selbst nach so vielen Jahren sind die Verletzungen noch nicht verheilt.

HAPPYEST PHASE

Als ich von der Verlobung zurückkam, strotzte ich vor Energie und Enthusiasmus und war in Gedanken versunken, alles in meinem Leben zu erreichen.

Das war der Zeitpunkt, an dem ich über unsere Zukunft nachdenken musste. Also fing ich an, hart an meiner Karriere zu arbeiten, damit ich ein gutes Einkommen erzielen konnte.

Ich wollte ihr alles geben, was sie sich wünscht. Ich wollte einfach nur ihr lächelndes Gesicht sehen und sie jeden Tag und jeden Moment ihres Lebens glücklich sehen.

Dies war die glücklichste Zeit meines Lebens, in der ich eine große Anzahl von Patienten, Verträgen, prominenten Kunden und vielem mehr bekam, kurz gesagt, das Einkommen war ziemlich ansehnlich.

Ich hatte das Gefühl, dass Gott mich mit allem überschüttet, was ich mir wünsche. Wir telefonierten weiter, so wie wir es früher getan hatten, als unsere Eltern unsere Hochzeit vorbereiteten.

Mein erster Valentinstag nach der Verlobung stand vor der Tür, also wollte ich ihn unvergesslich machen und sie überraschen (wie Sie wissen, liebt jedes Mädchen Überraschungen).

Glücklicherweise hatte ich die Möglichkeit, Anfang Februar zu einer Konferenz nach Paris zu fahren. Ich brachte eine wunderschöne Diamantkette und ein Perlenset für sie mit (sie war verrückt nach Perlen).

Nachdem ich aus Paris zurückgekommen war, bastelte ich eine wunderschöne Liebeskarte für meine Liebste. Am 13. Februar (dem Tag vor dem Valentinstag) nahm ich den Flug nach Delhi und fuhr dann mit dem Bus nach Haridwar. Am frühen Morgen kam ich in Haridwar an und brachte einen Rosenstrauß mit.

Der Himmel war wolkenverhangen, der Wind rauschte und kühlte ein wenig ab. Ich erreichte ihr Haus am 14. Februar gegen sieben Uhr morgens.

(Ich weiß, dass sie spät aufgewacht ist, also war der frühe Morgen der perfekte Zeitpunkt für mich, um die Überraschung zu verraten)

Ich begegnete ihrer Mutter schweigend; auch sie freute sich, mich zu sehen und fragte:

Mutter: Hey, mein Sohn!!! Wie geht es dir? Wie kommt es, dass du hier bist?

Ankit: Namaste, Tantchen! Ups, Mama!

(Wir lächeln beide). Alles gut, und ich habe sie vermisst. Ich wollte auch unseren ersten Valentinstag mit ihr feiern. Also kam ich zu ihr.

Mutter: Du musst sehr müde und hungrig sein. Mach dich frisch und steh auf und frühstücke. Ich werde ein gut gefülltes Kartoffelparatha für dich zubereiten.

Ankit: Okay, Mama!!! Wie du meinst.

(Ich nehme ein Bad und sorge dafür, dass alles reibungslos abläuft. Kriti sollte nicht aufwachen, bevor ich fertig bin. Das habe ich ihrer Mutter auch gesagt).

Ich machte mich fertig und legte den Rosenstrauß, eine handgefertigte Karte, ein Diamantset und ein Perlenset neben ihr Kopfkissen.

Ich schlüpfte auch in ihre Decke und wartete fleißig darauf, dass sie gegen 8 Uhr aufwachte. Endlich war der Moment gekommen (auf den ich verzweifelt gewartet hatte).

Sie wachte auf.

(wahrscheinlich mit dem beruhigenden Duft von frischen Rosen).

Sie öffnete ihre Augen und sah mich. Ich saß neben ihr, im selben Moment hatte sie gemischte Gefühle von Schock, Überraschung, Freude, Lächeln, Weinen.

(Alles, was ich auf ihrem Gesicht sehen kann, ist, dass ich mich auf diese gemischten Reaktionen so gut vorbereitet habe.)

Ich kann ihr Glück sehr gut nachempfinden.

Kriti fragte (schockiert): Hey! Wie kommt es, dass du hier bist!

Ankit: Einfach so. Ich wollte dich sehen, also bin ich gekommen. Außerdem wünsche ich dir einen schönen Valentinstag, mein Schatz!!!

Kriti: Danke und dir auch!!!

Ankit: Sehr trocken. Danke schön!!!

Kriti: Wirklich! (Schüchternheit in der Höhe). Wie soll das denn nass werden!! (Verschlagenes Lächeln).

(Ich beobachtete einfach nur ununterbrochen ihr Gesicht. Es fühlte sich an, als wäre ich in einen Ozean aus Niedlichkeit und Hübschheit gesprungen. Es war zu heiß, um es zu ertragen).

Ankit: (Ungezogene Stimmung). Nichts. Übrigens, willst du deine Geschenke nicht auspacken?

Kriti: Oh, ja!!!

(Sie öffnete zuerst die Karte und begann sie zu lesen).

Ich habe nur ihren Gesichtsausdruck beobachtet. Ich konnte sehen, dass ihr Tränen aus den Augen kamen.

Ich fragte: Hey!!! Was ist passiert? Warum weinst du?

Kriti: Ich bin überwältigt von deinen Bemühungen. Ich muss sagen, niemand kann mich so lieben wie du. In meinem ganzen Leben hat noch niemand so viel für mich getan. Ich habe die richtige Entscheidung getroffen, dich als meinen Lebenspartner zu wählen. Ich liebe dich, Ankit!! (Sie umarmte mich).

(Es war das erste Mal, dass ich ihre Wärme so intensiv gespürt habe).

Als sie mich umarmte, klopfte mein Herz so schnell, und ich war nervös, aber ich fühlte mich wie auf Wolke sieben. Ich hielt beide Hände auf ihrem Rücken und umarmte sie ganz fest.

(Ich kann die Aufregung gar nicht beschreiben).

Ich nahm ihr Gesicht in beide Hände, wischte ihr die Tränen ab und sagte: Mach dir keine Sorgen, Liebes. Du wirst dieses Lächeln bis ans Ende deines Lebens bekommen. Ich bin immer bei dir und werde dich immer gleich lieben!! Kannst du dir bitte deine anderen Geschenke ansehen.

Sie öffnete die Schachteln mit den Halsketten und war noch schockierter, als sie die Diamant- und Perlenkette sah, die ihr sehr gefielen. Sie wollte sie anprobieren, aber ich unterbrach sie: "Du kannst es ja versuchen, Liebling, aber ich habe eine bessere Idee als diese.

Warum machst du dich nicht fertig, trägst diese Diamantenkette und wir können uns zum Mittagessen verabreden? Was sagst du dazu?

Kriti antwortete: Ja, ich kann, aber bei einer Verabredung zum Essen. (blinzelte mit ihrem linken Auge und lächelte).

Ich sagte: (Fröhlich hüpfend) Ja sicher!! Was soll ich denn jetzt den ganzen Tag machen, es ist doch erst viertel nach elf?

Kriti: Wir werden die Zeit zusammen verbringen und uns entspannen. (Lächelt und zwinkert mit den Augen).

(Mein Verstand benahm sich diesmal so daneben, dass ich ihre Anzeichen von Romantik sowieso nicht verstand).

Ankit: Ok, gut, kannst du ein Bad nehmen und dich fertig machen. (Ich war nur unter der Decke).

Kriti: Ok, warte auf mich. Ich komme!!!

(Sie ging und erledigte ihre täglichen Aufgaben und das Bad).

Sie kam nach einer halben Stunde zurück. Ich war damit beschäftigt, fernzusehen. Meine Schwiegermutter ist zu ihrer Arbeit gegangen, also waren wir beide allein zu Hause.

(Ich weiß, was ihr jetzt alle denkt, das habe ich auch gedacht. hehe).

Nach dem Bad kam sie mit ihrem blauen Oberteil und ihrem Schlafanzug. Ihre Haare waren nass und offen. Ihr schön geschnitzter und geformter Körper. Ich genoss gerade den Anblick von meinem Bett aus.

(Eigentlich wollte ich sie von hinten festhalten, aber ich konnte den Mut nicht aufbringen).

Ich war in tiefe Gedanken versunken, als sie plötzlich nach mir rief: Ankit, kannst du mir bitte bei der Zubereitung des Mittagessens helfen.

(Die Mittagszeit rückte näher).

Ankit: Was für ein Essen willst du zubereiten (ich blinzelte mit den Augen und lächelte verschmitzt).

Kriti: Ah!! Han!!! Ich weiß, was du willst.

Ankit: Ok, dann sag mir, was ich will?

Kriti: Halt die Klappe!! (Lächelte und ging in die Küche)

Ich folgte ihr und packte sie von hinten und drehte ihr Gesicht zu mir. Ich hielt ihr Gesicht in beiden Händen und hob es leicht an.

(Ihr Atem ging schnell, ihr Blick war hochrot, Schüchternheit auf dem Höhepunkt, ihre rosigen und dicken Lippen zitterten, die Augen waren geschlossen).

Ich war auch nervös, und mein Herzschlag war so laut, dass ich ihn hören konnte; langsam bewegte ich meine Lippen zu ihren und drückte sie mit meinen. Fing an, die Lippen sehr anmutig zu saugen.

(Es fühlte sich an, als ob ich Rosenblätter auf meinen Lippen reiben würde.)

Meine Hände legten sich um ihren Hals. Wir küssten uns 10 Minuten lang leidenschaftlich.

(Das Gefühl war, als würden wir uns heute gegenseitig küssen.)

Der Kuss erfüllte mich mit Wärme, ich beherrschte mich und hielt inne und sagte: Kriti, du machst mich verrückt. Wir haben nur noch ein paar Monate, Liebling. Warte nur auf den entscheidenden Moment in unserem Leben. Du wirst dich an unsere erste Nacht erinnern. Ich werde sie zu etwas ganz Besonderem machen. Also, entspann dich!!

(Ich umarmte sie fest.)

Sie wurde rot, und ihre Lippen waren tiefrot. Ich gab ihr Wasser, und nachdem sie es getrunken hatte, fuhr sie mit der Zubereitung des Mittagessens fort, während ich neben ihr stand und ihr bei der Küchenarbeit half.

Nach dem Mittagessen unterhielten wir uns noch eine Weile und schliefen dann ein.

(Ich kann das Gefühl gar nicht beschreiben, wenn deine Liebe in deinen Armen schläft und du sie fest umarmst. Das Gefühl der Sicherheit, das sie dabei empfindet, ist großartig.)

(Es war 5 Uhr nachmittags, wir wachten auf, als ihre Mutter aus dem Büro kam.

Sie kam und bereitete den Tee für uns alle vor.

Nachdem wir den Tee getrunken hatten, unterhielten wir uns noch einige Zeit. Um 18.30 Uhr begannen wir beide, uns für unsere Verabredung zum Abendessen fertig zu machen. Sie trug einen schwarzen Saree mit einer ärmellosen Bluse und einer Diamantkette, die ihre Schönheit betonte. Ihr Aussehen war atemberaubend, jeder kann sich an ihrer Schönheit berauschen, und ich trug eine einfache Jeans und ein T-Shirt mit einer halben Jacke darüber.

(Ich möchte, dass sie noch umwerfender aussieht als ich). (Nur ein Scherz) hehe!!!

Wir nahmen das Auto und fuhren zum Sternehotel in Haridwar, wo ich bereits angerufen und gesagt hatte, dass sie alles für unser Date vorbereiten sollten. Eigentlich war es ein Candlelight-Dinner, das ich für sie geplant hatte.

Als wir im Hotel ankamen, bereiteten sie alles hervorragend vor, viel besser als ich es mir für mein erstes offizielles Date und den Valentinstag vorgestellt hatte.

Unser Tisch war am Pool, der ganze Bereich war mit roten Rosen und herzförmigen Luftballons geschmückt. In der Mitte des Tisches standen zwei Weingläser mit Sekt für uns bereit.

Leider waren wir beide alkoholfrei, so dass wir die Flasche nicht einmal angerührt haben.

Ein Kellner kam und fragte: Sir, kann ich Ihren Kuchen haben?

Ich antwortete: Ja, bitte!!!

Der Kellner brachte den Kuchen, wir schnitten ihn an und genossen das köstliche Essen. Nach dem Essen hatten sie einen romantischen Tanz für uns und andere Paare geplant, die dort draußen saßen.

(Ich wusste, dass Kriti sehr gerne tanzt, denn sie war die beste Tänzerin, während ich die erbärmlichste Tänzerin war).

Wir wurden alle in den Saal geführt, wo ein lauter DJ die romantischsten Lieder spielte und es verschiedene Wettbewerbe für die Paare gab.

Kriti und ich gingen auf die Tanzfläche und fingen an, den Balltanz zu tanzen (auch wenn ich das noch nicht so gut konnte, aber ich gab mein Bestes).

Meine rechte Hand lag auf der nackten Seite ihres Unterleibs und die linke Hand auf ihrem Rücken. Ich konnte die Wärme ihrer glatten Haut spüren.

(Es war das erste Mal, dass ich sie auf diese Weise berührte, 400 Volt Hochspannungsstrom flossen in meinem Körper. Uffff !! Es war zu heiß zum Anfassen).

Unser Augenkontakt beim Tanzen war großartig, ich kann den Funken des Glücks in ihren Augen sehen. Ich kann die tiefe Liebe zu mir sehen.

Wir waren so sehr ineinander vertieft, dass wir nicht einmal wussten, wann die Musik aufhörte. Plötzlich kam ein Geräusch von der Bühne. Die Trophäe für das beste romantische Paar geht an "Mrs. Kriti und Mr. Ankit".

Es fühlte sich an, als ob wir aus einem tiefen Schlaf aufgewacht wären. Nun, wir gingen gemeinsam zur Bühne und nahmen die Anerkennung und den Dank der Organisatoren entgegen.

Nachdem wir die Rechnung beglichen hatten, gingen wir beide nach Hause. Es war bereits 22 Uhr.

Ich setzte sie zu Hause ab, küsste sie auf die Stirn, umarmte sie fest, traf meine Schwiegermutter und holte mir die Erlaubnis, zu gehen.

Es war Zeit zu gehen. Schweren Herzens verließ ich meine Liebe. Ich nahm den Zug nach Delhi und dann den Morgenflug nach Bangalore.

Ich reiste zwar zurück an meinen Arbeitsplatz, aber ohne mein blutpumpendes Organ. Ich habe mein Herz bei Kriti gelassen. Anstelle meines Herzens füllte sich die Lücke mit Tränen.

"Es ist immer schwer, wegzugehen, aber manchmal müssen wir es für eine bessere Zeit tun."

Ich ging in mein Büro, kehrte zu meiner alten Routine zurück. Wir telefonierten weiter, während unsere Eltern mit den Hochzeitsvorbereitungen und Einkäufen beschäftigt waren. Die Tage vergingen.

HEIRATSTAG

Es war das Ende der zweiten Juniwoche, dem Monat der Hochzeit. Verwandte und Freunde begannen, sich in unseren jeweiligen Häusern zu versammeln. Es herrschte eine ausgelassene Stimmung. Überall hörte man die Geräusche von Geplauder, Lachen und Witzen. Der 18. Juni war der Tag der Hochzeit, und so reiste ich schon eine Woche vorher in meine Heimatstadt, um die Einkäufe zu erledigen und meinem Vater bei anderen Vorbereitungen zu helfen. Da ich der einzige Sohn bin, liefen die Vorbereitungen im großen Stil.

Am Tag vor dem Hochzeitstag erreichten wir Haridwar. Wir hatten alle in unserem jeweiligen Hotel eingecheckt. Ich war nervös und gleichzeitig sehr aufgeregt, dass mein Traum wahr wird. Nur noch ein paar Stunden, und sie wird mir gehören. Alle Rituale liefen ab. Die Rituale werden bis zum nächsten Morgen andauern. Im Hinduismus gibt es bei der Heirat viele spirituelle Überzeugungen zu erfüllen. Wir glauben, wenn man heiratet, ohne die richtigen Rituale zu vollziehen, wird die Ehe entweder nicht lange halten oder es wird ein Leben lang Probleme zwischen den Paaren geben.

(Nur eine Sache ging mir die ganze Zeit durch den Kopf. Irgendeine Vermutung? Sie haben mich erraten!! Es war Kriti.)

Am nächsten Tag trug ich abends den traditionellen indischen Sherwani mit Rajasthani Pagri und machte mich pünktlich fertig. Ich saß auf einem weißen Pferd, alle meine Verwandten tanzten davor und die ganze Versammlung nannte man "Hochzeitszug oder baaraat".

(Das ist eine indische Tradition, bei der der Bräutigam auf einem Pferd zu dem Ort reitet, an dem die Hochzeit stattfinden soll).

Nun, wir waren alle am Ort der Hochzeit angekommen. Alle von Kritis Seite standen am Tor, und ein Band musste durchgeschnitten werden. Nach der Zeremonie des Durchschneidens des Bandes und der Begrüßung des Bräutigams und seiner Verwandten gingen wir alle hinein. Wir gingen alle hinein, und ich ging auf die Bühne zu. Ich saß auf der Bühne und wartete verzweifelt darauf, dass mein Liebster kam und sich neben mich setzte. Es war der letzte Tag und der wichtigste Tag meines Lebens. Nach etwa einer halben Stunde sah ich meine Liebe in der rosa Lehenga, wunderschön geschnitzt, und sie hatte ein leichtes Make-up im Gesicht. Sie sah großartig aus. Ich sah, wie sie immer näher an mich herankam.

Es waren ein paar Stufen unter der Bühne, als sie sich der ersten Stufe näherte. Ich stand auf und reichte ihr meine Hand, damit sie die Stufen hinaufsteigen konnte. In dem Moment, als sie mir ihre Hand gab, hatten wir Blickkontakt. Ich kann diese wunderschönen, funkelnden Augen sehen, die mich verrückt gemacht haben. Jedenfalls setzte sie sich neben mich, alle kamen, machten Fotos und lächelten.

Wir tauschten die Girlanden aus und gingen zu dem Ort, an dem die Hochzeitsumarmungen vollzogen werden sollten.

(Die saat phere ist eines der wichtigsten Merkmale der Hindu-Hochzeit und umfasst sieben Runden um ein zu diesem Zweck entzündetes heiliges Feuer inmitten vedischer Mantras).

Die Braut und der Bräutigam umrunden das geweihte Feuer sieben Mal und sprechen bei jeder Umrundung bestimmte Gelübde. Versprechen, die in der Gegenwart des heiligen Feuers gegeben werden, gelten als unumstößlich, und Agni-deva gilt als Zeuge und Segen für die Vereinigung des Paares. Jede Umrundung hat eine besondere Bedeutung.

Es war frühmorgens um 4 Uhr, die Zeit des Aufbruchs (einer der traurigsten Momente für ein Mädchen, das seine Familie und Freunde verlässt und in eine neue Welt, neue Menschen und eine neue Familie für den Rest seines Lebens eintritt).

Alle weinten, umarmten Kriti, einer nach dem anderen, und sahen sie. Auch ich hatte ein paar Tränen in den Augen. Ich versicherte ihren Eltern, dass ich mich gut um sie kümmern würde

(beide waren geschieden, aber zu diesem Zeitpunkt waren beide anwesend).

Wir setzten uns ins Auto und fuhren zu unserem Hotel, das ganz in der Nähe des Trauungsortes lag. Wir durften nicht zusammen schlafen (es ist eine indische Tradition, dass nur der Bräutigam nach einigen Ritualen in einem Bett schlafen darf), also schliefen wir in verschiedenen Zimmern. Wir waren beide ziemlich müde, zogen uns um und fielen in einen tiefen Schlaf, sobald wir uns aufs Bett legten.

Am nächsten Tag wurden wir von allen begrüßt, erledigten einige der restlichen Rituale gemeinsam, und am Nachmittag mussten wir alle zurück in meine Heimatstadt fahren.

Nachdem wir uns mit ihren Eltern getroffen hatten, fuhren wir alle zu mir nach Hause.

FLITTERWOCHENZEIT

Dank Vaishno Devi hat sich mein Traum erfüllt, und ich wollte meinen neuen Lebensabschnitt immer mit ihrem Segen beginnen. Kriti glaubte ebenfalls fest an sie, und so beschlossen wir, den Vaishno Devi-Schrein zu besuchen. Wir vereinbarten auch, dass wir uns nicht zu nahe kommen würden, bevor wir den Segen von Vaishno Mata erhalten.

Drei Tage nach unserer Hochzeit gingen wir also zum Vaishno Devi-Schrein im indischen Bundesstaat Jammu und Kaschmir. Während der Anbetung im Tempel stand sie neben mir, trug eine Kurta und einen Patiala-Salwar, sah aus wie ein typisches Punjabi-Mädchen, bedeckte ihren Kopf mit ihrer Dupatta, hatte Lipgloss auf ihren dicken rosafarbenen Lippen und Sindoor auf der Stirn. Ich kann gar nicht beschreiben, wie wundervoll sie aussah. Ihre Schönheit war so atemberaubend, dass jeder die Kontrolle über seine Sinne verlor. Während unserer Reise machten wir viele Fotos und genossen jeden einzelnen Moment. Nach dem Besuch des Heiligtums kehrten wir in gutem Glauben in mein süßes Zuhause zurück und blieben dort drei Tage lang, denn danach hatte ich einen anderen Plan, der eine Überraschung für sie war. Bis wir unseren Flug eincheckten, war sie völlig ahnungslos über den Ort, an den wir fliegen würden.

(Kommt schon, Leute, es waren meine Flitterwochen, also habe ich eine einwöchige Reise geplant)

Nun, ich hatte es irgendwie geschafft, ihren Reisepass vor der Hochzeit zu bekommen, so dass ich ihn bereits hatte. Ich hatte alle notwendigen Buchungen von Flügen, Hotels, Visa und anderen Arrangements vor unserer Hochzeit gemacht.

(Wovon Kriti nichts wusste)

Am 27. Juni flogen wir von Bangalore aus in die Flitterwochen. Am 25. Juni sagte ich Kriti, sie solle die Koffer packen, wir würden heute Abend nach Bangalore fahren.

Sie sagte: Ok!!!

(Leise begann sie, unsere Koffer zu packen).

In der Nacht nahmen wir den Flug und erreichten Bangalore. Als wir unser Haus betraten, war es 3 Uhr morgens, denn mein Haus war 70 km vom internationalen Flughafen Bangalore entfernt. Wir waren beide verdammt müde, also schliefen wir. Am nächsten Tag wachten wir beide am späten Vormittag auf. Wie kann ich ihr in unserem Traumhaus in Bangalore erlauben, gleich am ersten Tag mit ihren Routine-Hausarbeiten zu beginnen?

Ich sagte es: Liebling!! Entspann dich einfach. Ich werde heute ein köstliches Essen für dich zubereiten. Freudig nahm sie ein Bad und machte sich fertig. Es war Mittagszeit, also begann ich mit der Zubereitung des Mittagessens. Ich wusste, was ihr Lieblingsgericht war.

(Leute! Ich bin wirklich eine gute Köchin, Kochen ist meine Leidenschaft.)

Sie war verrückt nach Bohnen-Reis (Rajma- Chawal).

Ich kochte das gleiche. Nachdem sie fertig war, servierte ich ihr die Portion Essen und wartete sehnsüchtig darauf, dass sie aß.

Plötzlich fragte sie: Hey! Wo ist dein Teller?

Ich antwortete: Nein, du hast zuerst, dann werde ich meinen bringen.

Sie sagte: Ok und nahm einen Bissen.

(Ihr Gesichtsausdruck veränderte sich total, sie schrie plötzlich).

Kriti: Oh, mein Gott! Ankit, es ist zu lecker. Nicht schlecht!! Ich wusste gar nicht, dass du auch ein ausgezeichneter Koch bist. Wunderbar! Ich liebe dich!!

Ich habe geantwortet: Ich bin froh!! dass es dir gefallen hat. (Auf freche Art und Weise dehnte ich mein Gespräch weiter aus und sagte).

Madam, Sie werden meine verborgenen Talente schon bald kennenlernen. Ich bin auch in vielen anderen Dingen gut, mein Schatz.

(Blinzelte mit dem linken Auge und lächelte listig).

(Beide lachten)

Nachdem wir zu Mittag gegessen hatten, begann sie, das Gepäck auszupacken. Ich hielt sie auf und sagte ihr, sie solle das nicht tun.

Sie fragte (erstaunt): „Warum?

Ich antwortete: Liebes, eine weitere Überraschung wartet auf dich. Wir fahren in die Flitterwochen. Wir haben morgen einen Flug, frühmorgens.

Sie fragte (begierig): "Was? Wohin fliegen wir denn?

Ich antwortete: Es ist eine Überraschung für dich, aber ich versichere dir eines, du wirst dieses Reiseziel lieben und wir fahren für eine Woche dorthin.

Sie (schockiert): Eine Woche lang? Bitte sag mir, wohin wir fahren?

Ich sagte: Sorry!!! Ich weiß auch nicht, es ist auch für mich eine Überraschung.

(Lachte und ging ins Zimmer, um meine Vorbereitungen zu treffen).

Danach schickte ich eine E-Mail an das Hotel, um das Zimmer für unsere besondere Nacht zu dekorieren. Das Hotel antwortete mir, dass ich mir keine Sorgen machen müsse, wir würden Ihnen auch einen Kuchen und Wein für unsere erste Flitterwochen-Nacht schenken. Außerdem haben sie mein Zimmer kostenlos in die Honeymoon-Premier-Suite umgewandelt.

Ich habe dem Hotel später geantwortet und mich für die nette Geste bedankt.

(Ich war ziemlich aufgeregt und wollte unbedingt Kritis Reaktion sehen. Ich weiß, dass sie mich dafür umbringen wird, aber gleichzeitig ist es die wahre Freude des Lebens, das wahre Glück in den Augen der geliebten Frau zu sehen).

Kriti war auch mit dem Packen beschäftigt. Ich sagte ihr, sie solle ein paar heiße und sexy Kleider für unsere Flitterwochen aufheben.

(Sie warf mir einen ernsten Blick zu und lachte dann).

Um dieses süße Lächeln immer wieder zu sehen, lebte ich und machte viele verrückte Dinge.

(Ich beobachtete Kriti nur und dachte nach).

Im Laufe des Tages fragte mich Kriti mehrmals nach dem Ort, an dem wir unsere Flitterwochen verbringen werden. Ich habe den Namen nicht verraten, obwohl sie alles versucht hat.

(Schließlich ist es nicht leicht, meine Überraschung zu brechen, ich habe wirklich hart dafür gearbeitet.)

Am Abend, nach dem Abendessen, bereiteten wir uns auf die Reise vor. Wir überprüften die Liste, damit wir nichts vergessen.

Gegen zehn Uhr in der Nacht riefen wir das Taxi und fuhren zum Flughafen, der etwa anderthalb Stunden entfernt liegt. Unser Flug war frühmorgens um 4 Uhr.

Bei internationalen Flügen müssen wir mindestens drei Stunden vor dem geplanten Abflug am Check-in-Schalter sein.

Wir erreichten also den Flughafen und gingen in das Flughafengebäude. Bis zu diesem Zeitpunkt hat Kriti noch keine Ahnung, wohin wir fliegen, und ich sehe, wie sie sich sehnsüchtig danach sehnt, den Namen des Zielortes zu erfahren.

(Ich habe den Moment einfach nur genossen.)

Als wir in der Schlange am Check-in-Schalter standen, sah sie die Anzeige, auf der stand: "Schalter geöffnet - Singapur".

Fragte sie mich freudig: Ankit!!! Fliegen wir nach Singapur?

Ich antwortete ihr: Ja! Mein Schatz!! Ich weiß, dass es dein Traumziel ist, deshalb haben wir es für unsere Flitterwochen geplant.

Kriti: (Lachend, aufgeregt). Sie umarmte mich und sagte: Danke!!

(Nach der ganzen Zeit hat sie gelacht, getwittert, war sehr glücklich).

Wir haben den Check-in, die Einreise und die Sicherheitskontrolle hinter uns gebracht und saßen in der Nähe unseres Flugsteigs. Das Boarding beginnt in einer Stunde oder so.

Sie vertrieb sich die Zeit damit, Fotos zu machen.

(Mädchen lieben es, Selfies zu machen, nicht wahr?)

Als wir an Bord des Flugzeugs gingen, war sie sehr aufgeregt, weil sie gerne reist und es ihre erste internationale Reise war. Das Flugerlebnis war ausgezeichnet: bequeme Sitze, gute Unterhaltung an Bord, leckeres Essen.

(Was kann man bei einem viereinhalbstündigen Flug schon Besseres erwarten).

Danke, Singapore Airlines!!

Als wir in Singapur landeten, war es bereits neun Uhr morgens. Die Zeitzone des Landes ist zweieinhalb Stunden vor der Indiens.

Nachdem wir die Einreise- und Zollkontrolle passiert hatten, verließen wir den Flughafen, nahmen ein Taxi und erreichten unser Hotel. Wir checkten ein und gingen auf unser Zimmer. Zunächst einmal war das Hotel ein Fünf-Sterne-Hotel in bester Lage in Singapur.

Kriti gefiel das Hotel sehr gut, mehr noch, sie war ganz verliebt in unsere Honeymoon-Suite. Wir waren beide ganz schön aufgeregt,

Ich sagte zu ihr: Kriti, du musst hungrig sein, mach dich fertig, wir werden frühstücken gehen.

Sie entgegnete: (müde) Kannst du bitte das Frühstück auf dem Zimmer bestellen, wenn ich Zeit habe. Ich bin nicht in der Stimmung, auszugehen.

(Später erfuhr ich, dass sie ganz anders drauf war. haha)

Ich antwortete: (schelmisch). Was ist dann deine Laune, Liebling?

(blinzelte mit den Augen und lachte)

Sie sprach (verschämt): Nun, ich habe Lust, ein Bad zu nehmen.

(Sprach's und ging ins Bad).

Auch wenn ich spüre, dass etwas faul ist. (Wie auch immer, was da war, ich weiß, dass es mir gut tun wird.)

Ich sah gerade fern, als Kriti plötzlich schrie: Ankit!! Ankit!!!

Ich rannte zum Badezimmer und stellte fest, dass die Tür offen war.

(Ich glaube, Kriti hatte sie absichtlich offen gelassen.)

In dem Moment, in dem ich das Bad betrat, hatte sie sofort die Tür geschlossen und sich nur mit einem Handtuch bedeckt. Sie packte mich an beiden Händen und drückte mich gegen die Wand.

Ich sah ihr in die Augen (flüsternd): Kriti!!! Was machst du denn da? Bitte tu das nicht.

(Ich kann den Ozean der Sehnsucht in ihren Augen sehen. Es sah aus wie ein hundert Jahre alter, stiller Vulkan, der wieder aktiviert wurde und jederzeit ausbrechen kann.)

Sie legte ihren Zeigefinger auf meine Lippen und unterbrach meine Worte, schob mich unter die Dusche und zog ihr Handtuch aus. Ich war völlig ausdruckslos und ließ mich unbewusst treiben.

Meine Traumfrau stand völlig nackt vor mir, ihre Schönheit war zu heiß, um sie zu ertragen. Gott hatte ihr einen herrlich kurvigen und sexy Körper geschenkt.

Jeder Zentimeter ihres Körpers war wunderschön geschnitzt, wohlgeformt und gestaltet. Sehr helle Haut, lange seidige Haare, unglaublich weiche, milchige Haut. Ich war völlig in ihr versunken.

Sie fing an, meinen Körper zu massieren, sie berührte meine Wangen und küsste mich auf die Lippen, dann noch leidenschaftlicher, im Handumdrehen waren meine Kleider ausgezogen.

Auch ich packte sie fest, begann ihre Weichteile zu zerdrücken. Plötzlich flüsterte sie: "Ankit! Leise. Ich laufe nirgendwo hin.

(Ich bin ein bisschen wild und grob.)

Die Dusche war an, wir küssten uns leidenschaftlich unter der Dusche. Ich fing an, sie auf den ganzen Körper zu küssen.

Diese Knutschsession dauerte etwa eine halbe Stunde. Wir waren beide so geil, dass unsere Lippen ganz rot waren und ich einige Knutschflecken an ihrem Hals, ihren Brüsten, ihrem Bauch und ihren Innenseiten der Oberschenkel sehen konnte. Ich merke, dass ich beim Knutschen ein bisschen wild und grob geworden bin.

Ich füllte die Badewanne mit warmem Wasser, wir beide liebten uns leidenschaftlich in der Wanne, unsere erste Knutschsession dauerte fast zwei Stunden und endete mit blutig rotem Wasser.

Schließlich verliert sie im Bad ihre Jungfräulichkeit.

Nach dem Bad haben wir gefrühstückt, der ganze Tag war voll von wilden Abenteuern in unserem Zimmer.

Wir haben den ganzen Tag und die ganze Nacht gegessen und geknutscht. Am nächsten Morgen nahmen wir gemeinsam ein Bad und gingen auf Besichtigungstour. Das war unsere tägliche Routine für die nächste Woche.

Wir knutschten überall in der Suite, im Bad, auf dem Sofa, auf dem Tisch, im Bett, in der Almirah, es gab keinen einzigen Ort, an dem wir das Zimmer verließen.

Ich kann sagen, dass wir die ganze Woche über mehr als Singapur unsere Knutschsessions und unser gemütliches Zimmer genossen haben. Am Ende der Woche war mein ganzer Körper ein Energiedefizit und bat darum, mit angemessener Ruhe wieder zu Kräften zu kommen.

(Die ganze Energie wurde in Kriti gesteckt, denn wie kann man sich selbst aufhalten, wenn die Frau zu heiß ist, um damit umzugehen?)

"Toller Sex ist immer der belohnte Abschluss einer leidenschaftlichen Liebe."

Kriti und ich genossen unsere Flitterwochen und kamen mit tollen Erinnerungen zurück.

Nach dieser Reise begann Kriti, mich mehr zu lieben, und ihr Verhalten änderte sich. Sie wurde fürsorglicher und liebevoller zu mir. Glücklich vergingen die Tage.

TRAUM ZERSTÖRT

Es war im August, genau zwei Monate nach unseren Flitterwochen, als ich feststellte, dass Kriti an Schlaflosigkeit litt.

Sie schlief seit zwei bis drei Tagen nicht mehr durch.

Zuerst dachte ich, dass sie vielleicht tagsüber schläft, also ignorierte ich das. Aber nach ein paar Tagen bemerkte ich, dass sich das langsam auch auf ihr Verhalten auswirkte.

Sie wirkte immer lethargisch, bekam dunkle Augenringe, wurde sehr schnell gereizt und wurde still.

Eines Abends saß ich dann bei ihr und fragte sie höflich: Was ist denn los, Liebes? Hast du irgendein Problem?

Zunächst wehrte sie sich und sagte nichts.

Ich habe sie immer wieder gefragt, und dann sagte sie: Ankit!! Meine beste Freundin hat schwere Probleme mit ihrem Mann, und sie lassen sich scheiden.

Das hat mich sehr geschockt, und die ganze schmutzige Vergangenheit der Scheidung meiner Eltern und ihre Streitereien, die ich in meiner Kindheit erlebt hatte, kamen vor mir zum Vorschein. Im Moment bin ich sehr glücklich mit dir, aber ich habe Angst, wenn uns etwas zustößt, was ich dann tun werde. Ich vertraue dir vollkommen. Ich vertraue meinem Schicksal nicht. Wann immer ich Glück hatte, wurde es mir schnell wieder entrissen. Mein Leben, das ich bis jetzt verbringen musste, war voller Sorgen und Kummer. Deshalb habe ich immer wieder darüber nachgedacht, seit die Probleme meiner besten Freunde auftauchen. Ich bekam einfach Angst.

(Ich nahm ihre Wangen in beide Hände und setzte mich auf meine Knie.)

Ich sagte: Mein Schatz!!! Du weißt genau, wie viel Mühe ich mir gegeben habe, um dich zu bekommen. Ich liebe dich wirklich sehr, und ich werde immer für dich da sein, koste es, was es wolle. Ich kann es mir sowieso nicht leisten, dich zu verlieren. Wir müssen unser Leben zusammen anmutig leben, nicht nur ausgeben.

Also, entspanne dich einfach und denke nicht viel nach. Es wird nichts Schlimmes passieren.

Sie fuhr fort: Ankit! Eine Sache noch!! (Absolute Stille für eine Weile)

Ich habe meine Periode seit zwei Monaten nicht mehr bekommen, was soll ich tun?

Ich sagte: Mach dir keine Sorgen, meine Liebe, mach dich fertig, wir fahren ins Krankenhaus, um dich untersuchen zu lassen.Sie machte sich fertig, und wir fuhren zu einem renommierten Fachkrankenhaus, das nicht weit von meinem Haus entfernt war. Ich rief meine Freundin an, die das Krankenhaus leitete, und bat sie, für Kriti einen Termin beim Gynäkologen zu vereinbaren.

Meine Freundin sagte zu mir: Ok Boss!!! Sei um elf Uhr morgens da. Ich werde einen Termin vereinbaren und alles vorbereiten.

(Ich dankte ihr und legte den Hörer auf.)

Pünktlich um elf Uhr erreichten wir das Krankenhaus. Meine Freundin Anjali brachte uns zum Arztzimmer. Kriti ging hinein, und der Arzt untersuchte sie und schrieb einige Tests. Sie gab die Urin- und Blutproben im Labor ab, das sich im Keller des gleichen Gebäudes befand.

Der Techniker sagte uns, wir sollten die Berichte in einer Stunde abholen. Wir gingen alle drei in die Cafeteria, um etwas zu essen und eine Stunde lang zu plaudern.

Dann gingen wir wieder zum Laborschalter, wo die Berichte abgeholt werden mussten.

Anjali sammelte die Berichte ein und übergab sie mir. Ich sah mir die Berichte an und erklärte sie. Alles war normal, bis auf eine Sache.

(Beide schauten neugierig).

Kriti fragte: „Was?

Ich antwortete (schwieg für ein paar Sekunden): (Freudestrahlend), Liebes; du bist seit zwei Monaten und vier Tagen schwanger.

(Ich umarmte sie)

Sie (schockiert): Was??

(Ich sehe, dass sie von dieser Nachricht nicht gerade

begeistert ist)

Anjali sah aufgeregt und sehr glücklich aus und gratulierte uns.

Wir gingen alle noch einmal zum Arzt und sahen uns die Berichte an. Während der Beratung sagte sie dem Gynäkologen, dass ich dieses Kind nicht will.

(Ich war schockiert und hörte ihr schweigend zu).

Weiter fuhr sie fort, dass ich nicht noch eine Kriti gebären möchte.

(Irgendwoher weiß ich, warum sie das gesagt hat. Sie hatte Angst, dass wenn wir uns trennen, was dann mit ihr und dem Kind passieren würde). Die Ärztin versteht auch, dass ich glaube, dass sie ihr einige Medikamente gegeben hat und sie an den Psychiater überwiesen hat.

(Sie hat auch nicht richtig geschlafen).

Die Ärztin sagte uns auch, dass Sie beide innerhalb einer Woche wiederkommen können, um zu besprechen, ob Sie die Schwangerschaft behalten oder abbrechen wollen.

Wir gingen zu einem Psychiater in demselben Krankenhaus. Sie ging ins Arztzimmer, und ich saß draußen und unterhielt mich mit Anjali (die ganze Zeit über war sie bei uns).

Der Psychiater beriet sie zwei Stunden lang, dann bat er sie, draußen zu warten und rief mich herein.

Sie sagte: Dr. Ankit!! Es tut mir leid, das zu sagen!! Sie hatte eine "instabile emotionale bipolare Persönlichkeitsstörung" entwickelt.

Dieser Zustand ist sehr gefährlich. Sie fügte hinzu, dass der Patient in diesem Zustand immer in seiner Traumwelt ist und entsprechend denkt und schlussfolgert. Der Patient sieht die Realität nicht. Man darf sie nicht allein lassen, sie kann sich selbst verletzen. Denn sie bekommt Selbstmordgedanken. Es ist besser, wenn Sie sie zweimal pro Woche zu Beratungsgesprächen mitnehmen.

Ich sagte: "Okay, Herr Doktor.

(Ich kam aus dem Arztzimmer und begann, ihre vom Psychiater verfassten Beratungsnotizen zu lesen. Ich kam zu dem Schluss, dass sie durch die Scheidung ihres Freundes extrem beunruhigt war und dass sich das, was mit ihren Eltern geschehen war, auch bei ihr wiederholen würde.)

Ich kaufte all ihre Medikamente, bedankte mich bei Anjali, umarmte sie und fuhr mit meiner lieben Frau nach Hause.

Seitdem bin ich bewusster geworden und kümmere mich mehr um sie, auch um kleinere Dinge. Damit sie sich schnell erholt.

Ich habe auch ihre beste Freundin gebeten, sie eine Zeit lang nicht anzurufen.

Ich habe mich wirklich gut um sie gekümmert und ihr auch gesagt, dass sie sich wegen ihrer Schwangerschaft nicht zu viel Stress machen soll.

Wenn sie nicht will, können wir eine Abtreibung vornehmen lassen. Wie auch immer sie sich entscheiden wird, ich stehe hinter ihr.

Ich gab ihr Medikamente, und sie ging zur Ruhe, während ich zur Arbeit ging.

Zwei Tage verliefen gut. Am dritten Tag morgens (dem Tag unseres Arztbesuches).

Es war Sonntag, also war ich zu Hause.

Sie setzte sich neben mich und begann zu sprechen: Ich weiß, Ankit!! Ich tue dir sehr weh, es tut mir wirklich leid!! Ich bin jetzt bereit, die Mutter zu sein.

Ich antwortete ihr: Du tust mir überhaupt nicht weh.

Wenn du nicht willst, dann gehen wir morgen ins Krankenhaus und bitten den Arzt, das Kind abzutreiben. Für mich hat das Glück meiner Frau oberste Priorität.

(Obwohl mein Herz voller Tränen war und ich verzweifelt war, habe ich mich für meine Liebe beherrscht)

Am nächsten Tag gingen wir morgens ins Krankenhaus, trafen die Gynäkologin und erzählten ihr von unserer Entscheidung. Sie untersuchte sie gründlich und sagte mir, dass wir die Schwangerschaft nicht mit Medikamenten abtreiben können. Wir müssen einen chirurgischen Abbruch vornehmen lassen. (Sie spricht weiter). Ich habe Angst, Ihnen mitzuteilen, dass sie sehr schwach ist und dass ein chirurgischer Eingriff für sie tödlich sein könnte.

(Ehrlich gesagt, hatte ich jetzt Angst um Kriti. Ich kann alles für sie tun und will sie um keinen Preis verlieren.)

Ich begann sie zu trösten und zu überreden, das Baby zu behalten, denn eine Abtreibung könnte für sie tödlich sein. Sie wurde sehr verärgert.

Der Arzt gab mir noch etwas Zeit zum Nachdenken. Wir kamen zurück nach Hause.

Es gab viele Diskussionen, Überredungskünste, aber leider hatte sie etwas Gefährliches im Kopf. Sie wurde unnachgiebig. Sie war nicht in der Lage, irgendetwas zu verstehen.

Nach zwei Tagen hörte ich auf, sie zu überreden, und sagte ihr, sie solle tun, was sie tun wolle.

(Ich will sie in keiner Weise unter Druck setzen, weil ich Angst habe, dass sie ihr nichts Böses antun könnte.)

Am nächsten Tag ging ich gegen drei Uhr nachmittags ins Büro. Alles scheint gesund zu sein. Heute hat sie gelächelt und gelacht.

Gegen fünf Uhr abends rief ich sie an und fragte sie neugierig, was sie isst? Wie es ihr geht und wie sie sich fühlt?

Wir unterhielten uns etwa zehn Minuten lang.

Nach zwei Stunden rief ich erneut an. Der Anruf wurde nicht entgegengenommen. Ich rief mehrmals an, die Klingel läutete. Sofort eilte ich zu meinem Haus, das etwa drei Kilometer von meinem Büro entfernt war.

(Ich hatte eine Eingebung, dass etwas nicht stimmt, und betete ständig zu Gott, dass meine Eingebung falsch sein möge.)

Als ich zu Hause ankam, klingelte ich an der Tür, Kriti hatte nicht geöffnet. Ich hatte einen zweiten Schlüssel dabei. Als ich die Tür öffnete, war es völlig finster.

Nicht einmal ein einziges Licht war an. Ich schaltete das Licht an und betrat das Schlafzimmer.

Ich war völlig sprachlos, und mir wurde der Boden unter den Füßen weggezogen, als ich sah, dass Kriti bewusstlos auf dem Bett lag. Sie hatte fast mehr als hundert Paracetamol-Tabletten geschluckt.

(Ich glaube, sie hatte sie eingenommen, um das Kind abzutreiben).

Ich überprüfte ihre Sinne und rief den Notarzt. Glücklicherweise war der Krankenwagen in der Nähe meines Hauses verfügbar.

Ich hatte auch meine Kollegen angerufen, die sich zu dem Zeitpunkt in der gegenüberliegenden Straße befanden. Der Krankenwagen war eingetroffen, und wir alle brachten Kriti mit dem Krankenwagen ins Krankenhaus.

Ich rief Anjali an und erklärte ihr die ganze Sache,

Ich hatte das Glück, dass Anjali an diesem Tag Nachtdienst hatte. Kriti wurde sofort in die Notaufnahme gebracht.

Sie war völlig bewusstlos. Es war eine Paracetamol-Vergiftung.

(Ich hatte Angst, weil das für sie lebensgefährlich sein kann. Eine Überdosierung von Paracetamol kann zu Leberversagen führen. Ich redete mir ein, dass ich sie rechtzeitig ins Krankenhaus gebracht hatte, dass also nichts Schlimmes passieren würde).

Nach einem Notfalleingriff wurde sie auf die Intensivstation verlegt. Wir waren alle besorgt, weil sie nach der Entlastung ihres Magens immer noch bewusstlos war. Die nächsten drei Tage lag sie auf der Intensivstation, leider immer noch bewusstlos.

(Jetzt macht mir das wirklich große Sorgen. Ich blieb die ganze Zeit über positiv und betete zu Gott).

Auch die Notärzte überwachten ihren Gesundheitszustand ständig, und dann beschlossen sie, einen Leberfunktionstest durchzuführen, um ihre Lebergesundheit zu überprüfen. Als der Bericht kam, waren wir alle schockiert, als wir sahen, dass ihre Leber entzündet war und fast nicht mehr funktionierte. Sie war in ein Stadium des völligen Versagens übergegangen.

Die Ärzte riefen mich am Abend an und sagten, dass wir uns sofort um eine Lebertransplantation kümmern müssten, wenn wir ihr Leben retten wollten.

Sie fügten hinzu, dass ein großes Problem darin bestünde, wer die Leber spenden würde.

Ich habe sofort gesagt: Ich werde meine Leber

spenden. Bitte beginnen Sie mit dem Verfahren, machen Sie sich keine Sorgen. Sie haben meine volle Zustimmung.

Ich fragte: Herr Doktor, was ist mit dem Fötus?

Herr Doktor: Tut mir leid, Sir!! Die Schwangerschaft wurde aufgrund einer Überdosis Medikamente abgebrochen.

(Diese Nachricht wirkte wie das Salz auf meiner Wunde)

Am nächsten Morgen, als wir alle mit den Vorbereitungen für die Lebertransplantation beschäftigt waren, stürmte plötzlich die Krankenschwester auf den Arzt zu, der neben mir stand, und sagte, Kriti reagiere nicht.

(Sie hatte noch nicht einmal ihren Satz beendet, da rannten wir alle zu Kritis Bett auf der Intensivstation).

Alle versuchten, sie wiederzubeleben, weil sie nicht mehr reagierte, und gaben ihr Bestes. Leider konnten sie sie nicht überleben. Sie war nicht mehr da.

Das war der größte Albtraum meines Lebens; in den letzten zweiundsiebzig Stunden habe ich meine Liebe, mein Leben, mein ungeborenes Kind, einfach alles verloren.

Ich war in einem völlig schockierenden Zustand und gebrochen. Völlig leer, nicht in der Lage, irgendetwas zu verstehen.

Die Augen waren trocken, ich konnte nicht sprechen.

Noch sind die Wunden nicht verheilt, ich habe sie sehr geliebt, ich habe sie verloren.

"Ich hoffe, Sie hatten Spaß beim Lesen!!! "

ÜBER DEN AUTOR

Dr. Ankit Bhargava (PT) ist ein berühmter Physiotherapeut und Fitnessexperte, der sich auf Orthopädie und Sportphysiotherapie in Indien spezialisiert hat. Er ist ein Multitalent, das auch ein Akademiker, Forscher, You-tuber, Blogger, Schriftsteller, Unternehmer und auch Gründer und Direktor von AB Healthcare, & ABHIAHS ist. Für Feedback, Anregungen, Beratungen und Termine erreichen Sie ihn unter

www.abhiahs.com,

Email-Adresse: abhealthcare01@gmail.com

Instagram-ID: drankitb_official

www.ingramcontent.com/pod-product-compliance
Lightning Source LLC
LaVergne TN
LVHW041540070526
838199LV00046B/1751